（梅伦迪家庭四部曲）

新兄弟

[美]伊丽莎白·恩赖特　著

赵晔　译

CHISO 新疆青少年出版社

图书在版编目（CIP）数据

新兄弟 /(美)伊丽莎白·恩赖特著；赵晔译. ——
乌鲁木齐：新疆青少年出版社, 2023.4
（梅伦迪家庭四部曲）
ISBN 978-7-5590-9342-4

Ⅰ.①新… Ⅱ.①伊… ②赵… Ⅲ.①儿童小说 – 长
篇小说 – 美国 – 现代 Ⅳ.①I712.84

中国国家版本馆CIP数据核字（2023）第038361号

新兄弟
XIN XIONGDI

[美]伊丽莎白·恩赖特 著　赵晔 译

出版发行	新疆青少年出版社有限公司	
社　　址	乌鲁木齐市北京北路29号	
电　　话	0991—6239231（编辑部）	
经　　销	各地新华书店	
印　　刷	三河市金泰源印务有限公司	
法律顾问	王冠华 18699089007	
开　　本	650mm×940mm　1/16	
印　　张	12.5	
版　　次	2023年4月第1版	
印　　次	2023年4月第1次印刷	
书　　号	ISBN 978-7-5590-9342-4	
定　　价	45.00元	

新疆青少年出版社有限公司官网　http://www.qingshao.net
新疆青少年出版社有限公司天猫旗舰店　http://xjqss.tmall.com

CHISO 新疆青少年出版社

新 兄 弟

目 录

第一章　整个夏天 …………………………………… 001

第二章　收集废物的天赋 …………………………… 015

第三章　莎士比亚会不会问"是否太热"？ ………… 034

第四章　箭头 ………………………………………… 045

第五章　奥利弗的另一个世界 ……………………… 058

第六章　香茅的威力 ………………………………… 067

第七章　十二磅重的鲶鱼 …………………………… 082

第八章　夜晚的声响 ………………………………… 093

第九章　马克 ………………………………………… 110

第十章　女性领地 …………………………………… 117

第十一章　"欢迎卡菲" ……………………………… 125

第十二章　事情需要有原则 ………………………… 139

第十三章　最好的生日 ……………………………… 147

第十四章　一票一人 ………………………………… 167

第十五章　第三乐章 ………………………………… 187

第一章　整个夏天

那是什么声音啊，一整天了！听起来像是一群小海狮在尖叫。

但那只是梅伦迪家的孩子们，他们正在修建一座水坝。

这是拉什的主意，是他在做梦的时候梦见的。早餐时，他把想法告诉了大家。

"大家听着，"他说，"我想了很久，我们需要一个更大的泳池。我们现在的这个太小了。咱们都在泳池里的时候，就很拥挤；也太浅了，每次我想跳水，却怕摔成脑震荡。"

"那你有什么计划吗？"莫娜带着戏谑口吻问道，"挖宽点，还是挖深点？还是有其他好办法？"

"正是，我亲爱的华生①，"拉什用夸张的语气回答，

① 《福尔摩斯探案集》中大侦探福尔摩斯助手的名字。

"我建议在瀑布那里的泳池下面修建一座水坝。"

奥利弗和兰迪十分赞同这个想法。任何事情，不管是工作或游戏方面，只要涉及大量水和泥土的，他们俩都会乐此不疲。甚至莫娜也觉得这个想法有意义。

因此，孩子们都在这里努力地挖石头、运木材，以此来截住小溪。对于修水坝，每个人的想法都不一样。他们不停讨论着，各种理论、观点层出不穷，与喧嚣的小瀑布交相辉映。

埃塞克和约翰·多伊这两只狗在岸边跑着叫着，加入到这场混乱之中。每当有人嗓音升高，它们也总是跟着吠叫。

但是，在这个活动中，每个梅伦迪家的孩子都表现出了不同的性格。

以拉什为例。他十四岁，身体健壮，突出的肋骨像印第安勇士一样。此刻，他正满身泥土，不停地拍打蚊子。他劲头很足，搬起最大的石头，他忙碌着，汗流浃背，不得不短暂休息一下。

莫娜是最年长的，她非常漂亮，已经十五岁了。她的工作是用枯叶、苔藓和草填充缝隙，以防止水倒灌。她效率很高，还时不时停下来欣赏自己在水中的倒影，或者从手指上剔除泥土。显然，她是小团队中唯一一个这样精致的人。

奥利弗七岁零九个月了，好似小赛车一样满是冲劲。他不厌其烦地来回搬运，从不喊累，这是奥利弗迄今为止做过最"繁重"的工作。

十二岁的兰迪总是跌跌撞撞，时常滑倒。奇怪的是，兰迪的画作如此出色，能够像仙女一样跳舞，可在体力劳动方面却很笨拙。她已经脚趾肿胀、拇指受伤。不知这一天工作下来，她还会伤到哪里！然而，尽管这项工作对于兰迪来讲像受罪一样，但她却仍然乐此不疲，黑色卷发随着她劳作的幅度来回摆动。

"拉什，这里有什么东西漏了！"奥利弗叫道。能够传递这个坏消息，令他感觉自己很重要。

"我的天！"拉什迅速到达现场，"这项工作比我想象的要艰难。如果是河狸的话，它会怎么做？"

"好吧，首先，它们除了手脚并用，还有尾巴。"莫娜舀起枯叶说道。

"是的，还有牙齿，"拉什同意，"我们看到过的所有河狸，都像日本武士一样强悍。"

"不要气馁，拉什，"兰迪虔诚地说，"想想顽石坝①，我敢打赌，当时那些人可没有灰心。"

拉什只能笑笑。

到了中午，水坝已经初具雏形，水池也开始被慢慢填满。"再过两天就会完工。"拉什说。

"午餐怎么样了？"奥利弗的提问很实际，他的饥饿感已经很强烈了。

"哦，午餐！"拉什略带愠色，"这就是生活中的麻烦。当你带着想法去工作，或是去完成一段音乐，或者修建一个水坝时，所有精力都集中在工作上，但你必须在特定时间停下来去吃东西。咀嚼、吞咽，一天三次！这是一个愚蠢的习惯。"

"你只是饿了，"莫娜平静地说，"而你不高兴，是因为你知道卡菲一定会让你在进屋之前洗掉所有的泥土。"

"什么是特定时间？"奥利弗问道。

---

① 又称胡佛水坝，位于美国科罗拉多河上，在亚利桑那州和内华达州之间，1936年建成。

■ 新兄弟

"我猜他说的是'午餐时间',"兰迪告诉他,"哦,看,卡菲来了!太好了,她端着我们的午餐!"

卡菲真不赖!她正朝孩子们走来,她身材圆滚滚的,像一只草坪上的鸽子。她提着篮子和热水瓶。当孩子们向她投来感激和贪婪的目光时,她把食物甩在一边。

"快吃吧!"她假装恼火,"我只是不想让你们把室内弄脏。"

但是梅伦迪家的孩子知道这并不全是真的。卡菲相信,溺爱需要与纪律融合在一起。她照顾孩子们很长时间了,在很多方面,卡菲就好像是他们早已失去的母亲,出于她白发和矮胖的形象,她也许更像是祖母。

"卡菲,和我们一起吃吧。"奥利弗边说边把他那脏兮兮的小爪子伸进卡菲干净的手中。

"不,不,我的小宝贝,我需要把厨房清扫干净,然后喝杯茶。"卡菲嗔道,"地板干了之前,你们都不许进来!"

孩子们坐在草地上,他们裸露的双腿在阳光下伸展着。小溪在树荫下愉快地唱歌,草地上的藤蔓互相缠绕,又被云杉遮蔽。这里坐落着他们居住的房子,他们珍爱这栋房子。这是一座方形的老建筑,装饰着大量铁艺制品,有斜纹屋顶和花哨的小圆屋顶,像一块磨砂面的蛋糕。房子被称为"不三不四"的小别墅,这个名字源于几十年前建筑师犯的一个错误①。孩子们是在秋天搬进来的,他们太喜欢这所房子了,房子也时常带给他们惊喜:正值六月,厨房门上那棵老藤蔓忽然冒出一串小小的黄玫瑰,闻起来像茶一样清香;果园地上满是小野草莓,在阳光的炙烤下,如蜜般甘甜;拉什窗外的云杉树上,黄鹂筑

① 见本系列前一本书。

起了巢，像极了一个装满了金子的银质钱包。

"整个夏天！"拉什满嘴食物，"想一想吧，我们有一整个夏天。"

"一整个夏天？"莫娜不解地问。

"是一整个夏天，"拉什愉快地回答，"我的意思是，这才仅仅是个开始。水坝、游泳、花园、野餐，还有那些热天儿。想想吧！"

"可有的时候会下雨，有的时候会肚子疼，有的时候卡菲会不高兴！"奥利弗说得倒很实际。

拉什笑了："你才七岁，就悲观了？"

"八岁！"奥利弗说，"很快八岁了！我的生日很快就到了！但是，什么是'悲观'？"

傍晚时分，水坝完成了。兰迪看着它，脸上写满了惊愕。

"但是现在又没有瀑布了！"她喊，"我从没想到瀑布会消失，现在只剩下很少一点，我好想念潺潺的流水声。"

"傻瓜，我们要的就是这个！"拉什说，"把瀑布截断，形成泳池。待水积得足够多时，还会从上面倾泻下来。看看，那样游起泳来多惬意！"

"也许吧。"兰迪还是充满疑虑。

"明天早上我们醒来的时候，水会积满吗？"奥利弗问。

"不会，明天也不会的，后天也不会，大后天可能会的。"

已经两天了，水还没填满泳池，奥利弗觉得可能需要一个月。他曾以为泳池像浴缸一样容易被填满。他很失望。

水坝深度比应有的还深一倍，它像中国长城一样曲折，结构良好，并且坚固。孩子们对自己的努力工作很满意，即使是满身泥土，不得不洗澡。兰迪的胫骨又添了新伤口。

"牙齿没掉，算不算很幸运？"拉什说。

"兰迪把她的全部精力投入到建设水坝中了！"莫娜为她的妹妹辩护。

"好吧，只要她别把门牙也筑进水坝就行。"

"他嘲笑伤疤，却从未感受过痛苦。[①]"莫娜悲切地说，她喜欢引用莎士比亚。但这气氛立即被匆忙跑上楼的兰迪打破了，她大喊着："我先洗澡！"

兰迪转弯时差点撞上了威利·斯洛普。他换下了常穿的工作服，套上了蓝色的斜纹西装："你们谁想和我一起坐马车去见爸爸？"

他们全都想去，甚至两条狗都想去。孩子们的热情是威利意料之中的。

"好吧，快去洗干净，你们现在这个样子，我可不能把你们带到城里。我今天下午刚打扫过马车。"

他的确打扫了，因为半小时后，当孩子们都爬上车时，清洁液的气味几乎令他们窒息。

"谁都别点火柴，"拉什的提醒并没有什么必要，"否则我们会像炸弹一样爆炸。"

"如果歪着头就没那么糟糕了。"兰迪说，其实她也并没坐过几辆车。

莫娜用一块厚厚的香薰手帕捂着鼻子，像小说中那些昏厥的女主角一样，翻着白眼。

奥利弗坐在前排威利的旁边说道："我不明白你们为什么不喜欢这味道，"他很肯定地向后面三人说，"我觉得这味道

---

① 莎士比亚剧作《罗密欧与朱丽叶》中的谚语台词，意译为"富人不知穷人苦"。

不错，"他使劲嗅着来证明，"唔，好闻！"

威利对他龇牙一乐："你可真是我的朋友！反正这味道会慢慢变淡的。"

"不管怎样，车子看起来很漂亮，威利，"莫娜说，"比以前漂亮。"

威利很高兴："这是应该的。除了擦洗座位之外，我还掸了灰，在木板上擦了凡士林，让它变柔软，又用黑色鞋油把它打亮。"

"啊，所以有酒精的味道，"拉什深深地呼吸着，"我就知道不止是清洗液。"

"注意到穗子了吗？"威利继续无视拉什。

"威利，穗子全都解开了！"

"我梳理过了，"威利说，"梳理之后，就像婴儿的头发一样柔软。"

"罗娜·杜恩看起来不错。"兰迪说。马儿的缰绳里还夹着玫瑰；从前面看，它长长的睫毛和精致的眼罩让它看起来像是一位可人的西班牙小姐；而从侧面和背面来看，又极尽华丽之美。

"爸爸会很高兴的！"莫娜兴高采烈地说。这一切的准备都是为了父亲，他已经整整两周没有回家了。

"也许爸爸这次回来就不用再走了，像以前一样待在家里，"兰迪充满希望地说，"甚至也不需要去讲课了。"

"很有可能，"拉什说，"战争在继续。爸爸需要远离战争。"

事情正如料想的那样，见面时，孩子们激动地呼喊并拥抱父亲，父亲摘下帽子，理了理头发，又重新戴上，孩子们纷纷帮父亲拿公文包和行李箱。父亲与威利握手，赞美了一番马车后，拍拍罗娜·杜恩并给它一小块火车上发的糖果说："可别让政府知道。"大家全都挤在马车上，布拉克斯顿市被远远地甩在后面，两侧渐渐出现乡村绿浪，兰迪问：

"爸爸，您还会离开吗？真希望您不会！希望您能永远和我们在一起！"

父亲轻轻拉了拉兰迪的卷发。

"我也希望不再走了。"

"那么，为什么不能留下呢？您曾经在家办公的。"

"曾经已经不再有任何意义了，兰迪。现在世界都变了，像气球或泡泡一样缥缈，不再是真实的。也许幻灭也是一件好事。"

奥利弗像小猎犬一样，嗅出了这些话的隐含意义：

"您的意思是您不得不离开？"

父亲点点头道："是的，不得不离开。而且时间会更长。"

兰迪坐起来了："您要去当兵吗？"

父亲笑了："很不幸，我老了，而且是一位父亲。我得继续忙于为我的小麻雀找食吃。"

"为什么您不能在家里找食？"兰迪问。

"因为我要在华盛顿一个大型政府机构工作。"

"天哪！"拉什说，"您要为政府工作吗？"

"对，是不是很棒？"

"做什么？"

"保密，"父亲骄傲地说，"因为太机密了，甚至连我自言自语时，也不得不提防。"

"您多久能回一次家？"莫娜问。

"时不时可以回来住一个周末。八月份差不多可以待两个星期。"

孩子们因为这个消息都陷入了悲愤中。"可能您最后还是不得不去当兵。"兰迪叹了口气。

"是的，那样的话，至少您可以得到一枚勋章。"奥利弗说。

但即使时间短暂，与父亲在一起也是如此美妙。这一天的天气很好，初夏时节的风都是温柔的，难过的情绪也无法持续太久。

当他们回到家时，拉什说："我们有个惊喜送给您，是今天完成的。"

"咱们最后再展示'惊喜'吧！"莫娜说。

每次父亲回来时，孩子们都会带他巡视各处。

首先他们去了菜园。

"这些草都是我杀死的！"奥利弗指着一大堆枯萎的杂草满意地说。

"这是最不残忍的杀戮方式！"父亲赞许道。

孩子们拉着父亲去看洋葱，父亲不得不夸奖孩子们，把洋葱养得这么高了。他们还去看了胡萝卜、甜菜、番茄等。

"看看豌豆啊，"莫娜说，"从它们还在豆荚里养起；莴苣也长开了，不再是光秃秃一个褶皱了；还有生菜，现在可以看出来那是生菜了。"

"看看玉米，"奥利弗用手指着说，"目前不需要再拔拔碱草①了，萝卜已经长得够大了。但是不知是什么东西，总是

① 一种农田杂草。

在吃卷心菜。"

"最好在卷心菜完全成熟之前就吃掉它们，"拉什一直在暗处观察，"我已经认得一些专吃西兰花的毛毛虫了。"

"硫和铁，"莫娜用卡菲的语调说，"生长的孩子需要大量的硫和铁。"

"我宁愿吃它们的矿物质。"拉什说。

然后，他们又把父亲带到覆盆子灌木丛（这是"不三不四"的小别墅带给大家的另一个惊喜）；接着去看了半枝莲，但现在花没开；而莫娜刚刚种下的飞燕草已经发芽了。

"我喜欢飞燕草花蕾，"兰迪说，"就像蓝色的大蝌蚪。"

风铃花刚刚绽放，很快蜀葵和夹竹桃就快要开放了，但斗草和荷包牡丹快要开败了。

他们带他去看山羊珀耳塞福涅和它新降生的羊羔，还有威利养在马厩后面的白色小鸡，最后，孩子们才带父亲去了水坝那里。

父亲看到水坝，竟一时不知所措。

"这是多么伟大的工程！"父亲惊道，"这么坚固，这么宏大！只有约翰斯敦洪水①才能把它冲垮！你们用了多久建成的？"

"一整天，"拉什不以为然，"是四个人共同的努力。"

"下次再回来时，我得去游游泳。之前最深处的水只能到我的锁骨这里。"

他们都站在那里，审视着水坝，父亲已没有更多语言，孩子们都沉浸在骄傲中。房子前门响起了刺耳的哨声，这是卡菲在吹警察哨子，晚餐时间到了。

---

① 1889年发生在美国宾夕法尼亚州约翰斯敦的大洪水。

兰迪在父亲面前的草坪上跳跃："看，我几乎可以用脚趾行走！穿运动鞋也可以。我什么时候才能拥有一双真正的舞蹈鞋？"

莫娜用手臂挽着父亲，奥利弗则挂在他的另一只胳膊上。拉什走在他们旁边，大家都在聊着天；埃塞克和约翰·多伊疯狂地在他们周围咆哮和玩耍，向父亲展示自己的强壮。食物的美味从厨房窗户飘来。

"我都等不及让您听我的新作品了，"拉什说，"这是舒曼的一首叙事曲，难度很大！"

莫娜说："我现在可以背诵整篇《麦克白》了。如果您想听，晚饭后我为您朗诵。"

奥利弗说："爸爸，您在华盛顿看到总统了吗？他跟您握手了吗？有没有说话？"

而兰迪跟两条欢乐的狗打成一片，时而飞奔时而跳跃，不断问着相同的问题：

"爸爸，您觉得我是不是很快就可以得到一双舞蹈鞋？真正的舞蹈鞋，有蝴蝶结的缎带鞋？您认为我可以吗，爸爸？您老实说，可以吗？"

卡菲做了一桌父亲最喜欢的食物，韭葱和土豆汤打头阵，草莓派压轴。

餐后大家又来到了户外。到处都是鸟儿，一小群燕子像是刚放学的孩子一样叽叽喳喳。草地和落叶此刻变得凉爽起来，让脚踝也都带着夜晚的凉意。拉什想玩一种叫"越狱"的游戏，但父亲被孩子们包围着，没法玩。

父亲坐在台阶上抽烟斗，他身上紧张的城市气息慢慢消散。拉什、莫娜和兰迪坐在他旁边，而奥利弗一个人踱来踱去，看那树林中渐渐退去的夕阳。一切都在变化——两只铁鹿看起来像是骄傲而充满生气的动物，只是暂时停止了它们的动作。

第一颗星星挂在高空中，如同一朵花。奥利弗抬起头，念道：

> "星光亮，星光亮，
> 今晚第一颗，
> 我要许个愿，
> 今晚就实现。"

奥利弗希望生日时得到一架小直升机作为礼物。许完愿，他垂着头，盯着自己的鞋子走着。他想，如果他再看见星星，愿望就会泡汤。

父亲开始打哈欠。

"我想——哦，我想，我最好去睡觉。"

"在城市久了，不习惯新鲜的空气了吧？"拉什说。

"是啊，对我来说太浓了。你应该看看我对一氧化碳烟雾的警惕性有多强烈，还有二手雪茄。"

父亲走后，莫娜说："爸爸太辛苦了，他必须努力工作养家，我真心疼他。"

"为了我们而工作，"拉什说，"他尽力了。我希望我能做点什么，真希望自己有些用处。"

"哦，拉什，你可以帮忙啊，"兰迪喊道，"你可以给别人上钢琴课赚自己的生活费，莫娜可以每周两次在广播电台表演赚钱。可是我该怎么办？我什么都做不了。除了小狗以外，我是唯一一个需要依赖他人而生活的人。当然，奥利弗除外，他太小了。"

"我可以为人家的小狗抓虱子，"奥利弗严肃地说，"我擅长这个。我拿着瓶子和镊子挨家挨户地走，也许他们会给我点钱。"

"我不是这个意思，"拉什打断了他的话，"不仅仅是金钱，如果因为我们的不独立，而让某个人无法去参加战斗，那么我们就应该付出更多努力。"

"他们会不会录取我这么小的孩子参军？"奥利弗眼中闪过一丝光亮，"我可以清理大炮内部，因为我的体形小。"

"哦，不，奥利弗，别傻了，你能做的最好的事情就是清除菜园里的杂草。"

一提到杂草，奥利弗的脸就暗了下来。现在他对杂草已经很了解了——有一种叫马齿苋，叶子粉红而肥大，一夜之间就长出无数；还有一种叫匍匐冰草，粗壮耐寒，它的根呈网状在地下延伸，还有皱叶酸模、羊腿藜、苘麻……这都是些顽固而讨人厌的小敌人。奥利弗希望能够在天空中打击敌人，而不是在土地上拔草。

"莫娜可以编织，她还学过急救，只是她不记得了。"

"人工呼吸！"莫娜喊道，"我记得人工呼吸。躺下，我展示给你看。"

"不，谢了，我可不会让你在我身上展示，除非你记得在坏了的肋骨上应该打什么样的绷带。"

"我觉得你很讨厌。我可是全班做人工呼吸做得最好的。麦卡锡老师说的。"

"好的，从现在开始，你可以为溺水者做复苏抢救。但是这类工作的机会很少，间隔又长，而且夏天时，你广播的工作也暂停了，所以我建议你做一些其他的事情。例如，帮助卡菲，夏天是罐装新鲜食物的季节，不是吗？"

这个工作听起来令人愉快，相当简单，而且在未来很长一段时间都不需要去做，因为现在没有什么果子是成熟的。莫娜优雅地同意了。

"我跟兰迪会出去捡废品。我们将会驾驶一辆废物收集车。我们套着罗娜·杜恩，驾着马车，去山上所有未开垦的土地看看能挖到什么。我认为这个想法好极了。马车后面有个标志，写着'废品车'，你明白吗？"

"对我来说好得有点过头了！"莫娜讽刺地说。但兰迪和奥利弗认为这主意不错。

"听起来比拔野草好。"奥利弗觉得很满意，兰迪答应他偶尔也能跟着一块去，而且能时不时坐在前排的位置上。

"我们将在父亲走后的星期一开始，"拉什决定，"为了做大坝上的工作，我已经筋疲力尽了。还有，奥利弗，你早该去睡觉了，卡菲没催你睡觉，只是因为爸爸回来了。快去！"

"哎呀，我浑身的肌肉都很疼，"莫娜呻吟着从台阶上站起来，"我从没这么疼过，喘气都疼。"

尽管一家人很累，但当天谁也没有立即入睡。最近，那首平常总是听到的摇篮曲已经没人唱了，孩子们很是怀念。今晚，听不到瀑布时而柔和时而奔涌变化的和声，取而代之的是乡村夜晚在黑暗中的沉默。这种沉默由许多轻微的声音组成：轻柔的猫头鹰长鸣，树蛙的啼叫，窗外扑闪着的翅膀，还有树林细腻而不间断的呼吸声。

第二章　收集废物的天赋

　　星期一下午，拉什把罗娜·杜恩套上马车，他和兰迪坐在前面，后座是卡菲给他们的一张旧床铺。这是一个美妙而炎热的下午。很久没有下雨了，灰尘从马路上飘起，像云雾一般。路旁，铁线莲、野金银花、乳草和肥皂草的茎叶上满是灰白色的尘土；除此之外，新的树叶发芽，森林里都是绰绰的光影。在马车上，可以闻到灰尘、发热的皮革以及罗娜·杜恩的味道，但远处又传出密林中青苔和古老上地的清凉神秘气息。

　　阳光在鞭子上闪闪发光。

　　"哎，拉什，是不是很有趣，"兰迪喊道，"这样的探索，只有你和我两人。"

　　"这是履行政府赋予我们的使命。"拉什说得相当官方，但一秒钟后，他转过身来，对兰迪咧嘴一笑，"这是句玩笑。"

"咱们试试这家吧！"兰迪建议。路向右转，旁边立着一个邮箱。邮箱被牢牢固定在一个装满泥土的大牛奶罐里，脚下围绕着一片梯牧草和雏菊，好似自成一派的小花园。

"艾迪森，"兰迪读着邮箱上的字，"这听起来像个聪明人的名字。"

他拉了一下缰绳，马儿放慢脚步，路上有行人。马儿的臀部像上下摇摆的两座小山，尾巴不停地驱赶苍蝇。

"你觉得艾迪森家的人会是什么样子？"拉什懒洋洋地说，"也许他们家只有一个人。我觉得他可能是个长着方下巴的高个子，严肃而勤勉，不苟言笑。"

"哦，我觉得不是。"兰迪说，"我想可能会是两位老人，他们胖胖的，很快乐。每日晨光照耀，他们养些小鸡和牛犊，可能还会烤一些饼干……"

"你的描述没有逻辑，但我觉得还是能够想象这幅画面，"拉什说，"猜错的人今晚洗碟子！"

逐渐上坡，路两侧是欧洲黑松，一边的树枝较长，另一边则仿佛被风从同一角度吹过而倾斜。树林之外，牧场的草也向一侧歪斜。瑞士小牛犊点缀在山坡上，有的呈奶油色，有的是棕色。

"它们比一般的牛要漂亮多了，"兰迪说，"看起来很有生气，像鹿或羚羊什么的。"

哀鸽咕咕叫着，它们真是无处不在，路上还有一对落荒而逃的白母鸡。

两个孩子绕过弯道，在山坡的臂弯中，是一个普通的白色农舍，它就静静地躺在那里，像巢里的一颗蛋。它被两棵巨大而茂盛的枫树遮蔽着，在栅栏边和草地上，花儿到处都是。有粉红色的罂粟花，它们的花瓣脆弱地飘散在微风中，还有一簇蜀葵。枫树上挂着秋千，临近房子的小帐篷里，坐着个长着一头蓬松金发的小孩。

房子被藤蔓和灌木映衬着，让人感觉甜美而温暖，阵阵姜饼的味道传来。

"喂，小宝宝，"拉什问，"大人在家吗？"

"吧！"小孩儿流着口水冒出一个字。

"拉什，你看他多可爱，好像奥利弗小时候一样，连头发也一样，向两边生长。"

"但小孩子们到四岁才能真正看出来长相呢。"拉什并不觉得有趣。

他们敲了敲纱门向里瞧，除了一个巨大的黑色煤炉和一个赤脚软垫外，看不见其他东西。一个十岁左右的小女孩也正在看着他们。她身穿一件褪色的蓝印花连衣裙，脸颊和鼻子都是粉红色的晒伤，金发直直地搭在肩膀上。

"你们好，"她说，"你们是谁？"

"我们姓梅伦迪，"拉什告诉她，"我们是梅伦迪家的孩子。我们来看看你们是否有任何废品，可以捐给政府。"

"废品？你的意思是旧的金属，捐给士兵？"

"没错！"

"好的，等一下，我问问妈妈。你们可以进来。"她撑着门，"我正在烤姜饼。"

"是吗？"兰迪很惊讶，"你会吗？"

"我会啊，已经在烤箱里了。你们可以闻得到的。"

"嗯……"拉什提起鼻子，努力嗅着，仿佛马上就要变成狼人吼上两声。

"你们先坐下，我去找我妈妈。"

女孩走出了房间，光着脚丫走上楼梯。

"不错啊！"兰迪环顾着，乡村式的厨房面积很大，餐桌已经摆好，地上是红色油毡地毯，窗户上是倾泻而下的绿色藤蔓。

"真美！"拉什同意兰迪的观点。他们俩坐着，不发一言，害怕自己的声音打破这房间的宁静。

脚丫踩着地板的声音再次传来，后面跟着成年人穿着鞋子的踏步声。一位身着紫衣的高个子女士跟随女孩来到厨房。

"你们好，"女士说，"你们是梅伦迪家的？我们家姓艾迪森。我是艾迪森夫人，这是我女儿达芬。"

"哦，我是拉什，这是我的妹妹米兰达。"

"兰迪！"兰迪倔强地纠正道。

"我知道你们是来收集废铁的，能够见到你们我很高兴。我们有很多废铁。你们能拿得动吗？"

"我们有车。"拉什回答得很优雅。

"达芬，去把大卫找来，他可以帮我们收拾东西。或者，你带拉什和兰迪去看看我们的谷仓。"艾迪森夫人转向他们，"大卫需要赶在下雨前帮他爸爸把干草收进来。"

两个孩子跟着达芬走出去，她立刻就不害羞了，当他们经过那小婴孩的时候，她说："这是我的弟弟亚历山大。他马上又有一颗牙长出来，所以他才像刚才那样望着你们。"

小男孩还在冲他们皱眉。

"亚历山大·艾迪森，"拉什边想边说，"听名字，他会成就一番事业。可能他长大以后，会成为著名投资人，或者新闻解说员。"

"亚历山大·艾迪森，"兰迪重复道，"听上去像是签署《独立宣言》的某个人，或者，他可以成为一名政府官员或者大使。"

"爸爸说他会成为一名厉害的赶猪人，"达芬说，"因为他生气的时候，叫嚷得可厉害了。到了，这就是我们的谷仓。"

谷仓很棒，甚至很难用语言形容。它非常巨大，呈深红色，中间的梁木上装有避雷针、风向标和通风口，整个形状让人想到了中世纪的凉亭。

"进来！"达芬说。

这是怎样一个地方啊！像大教堂一样的高顶，金色的干草散发着沁人心脾的清香，阴影中，燕子来回俯冲盘旋着，还有那些鸽子，在梁上咕咕地叫着。稻草散落在地上，一只公鸡在来回踱步，鸡冠子微微颤抖。

"大卫！"达芬叫道。

没人应答，她又叫了两声，还是一样。

"大卫！来客人了！他们现在就在我这里！"

突然间发出沙沙的摩擦声和东西碎裂的声音。空地上停着干草车，没系绑绳，满满地塞着与载重量不符的干草。一个男孩突然从车上滑下来。

"大卫·艾迪森，你能听到我叫你！"

男孩狡黠地笑了："当然能听到，但我正在小睡。也就是大家常说的午休。"他转向拉什和兰迪，"你们好，我整天都在干草地上干活儿，天哪，真是又热又累！你们叫什么名字？我叫大卫·艾迪森。"

拉什告诉他自己此行的任务。他喜欢这个男孩的样子，他大概十二三岁，强壮而独立。

"我们当然有东西给你。跟我来吧，拉什，希望你能帮我搬。"

兰迪和达芬站在谷仓里，看着对方。不知为什么，她们俩又害羞起来。

"这样玩过吗？"达芬突然喊道，并像猴子一样迅速爬上了阁楼。如同一名空中表演者，在边缘停下来，然后突然屏住呼吸，向空中一跃，好像抓着阳光中微尘汇成的秋千，轻轻地落在远处的干草车上。

"我也要试试。"兰迪说着走上梯子，梯子上几乎找不到可以落脚的地方，上面满是软绵绵的干草。

阁楼里的干草又多又软，空气中满是尘埃，细碎得好像阳光打了个金色的喷嚏。兰迪跪着向前移动，来到边缘时，她有些犹豫了，倒吸了口气。

"啧啧，达芬，从这看，离干草车好像有一英里那么远，如果我跳不上去会怎么样呢？"

"兰迪，你不会跳不上去的，那车大得跟厢式货车一样。来吧，跳啊。真的很有趣！"

达芬晒伤的小脸粉红粉红的，像草莓一样。兰迪即使摔断腿，也不希望自己怯懦。

老天保佑，兰迪默默地祈祷，然后跳了出去。哦，太美妙了。像鸟一样飞向空中，自由而安全，落在草堆上弹起来，如拍打羽毛一样，面朝草堆又落下，她在香甜又刺痒的干草中满足地笑着。

"快，兰迪，起来！我来了！"达芬站在鸽舍边，张开双臂，像一个正在奔向地球的小天使。

"等一下，先别往下冲，等我趴下！"兰迪几乎是在命令。她从车上滑下，跑上梯子，"快点，否则我抓住你了！"她一时兴起，喊了起来。两个女孩都不再羞怯了。

当她们俩从谷仓里出来时，都已热得面颊绯红，头发上插着枯三叶草花，衣服上沾着叶子和茎秆。达芬帮兰迪择掉草叶，兰迪也帮达芬择。

"你上的是哪所学校？"兰迪问，"我从未在迦太基见过你。"

"哦，我们上的是区里的学校。在去埃尔德雷德的路上，有一间不大的白色校舍，形状好像一个大钟。我们一直都在那里上学。"

"嘿，兰迪，快来帮忙！"是拉什的声音，他手中满是铁丝衣架和锡罐，正朝着马车走去。大卫紧随其后，拖着一个破旧的弹簧。

达芬和兰迪跑向他们，马车后面已经堆满了废品——经历过火灾的锅碗瓢盆、烙铁、坏了的耙子和锹、锡兵以及玩具车、老旧的咖啡研磨机、小型老式散热器、一些铸铁的草坪家具残骸，还有一个艾迪森夫人很讨厌的苏格兰牧羊犬形状门挡。

但马车上还有很多空间，拉什和兰迪不情愿地爬上前座，继续他们的路程。

"你可以随时再来，兰迪，"达芬说道，"我会教你做姜饼。"

"你也要来，拉什。"大卫说。拉什和兰迪都愉快地答应了。

当他们离开时，碎片互相碰撞，好似节日般欢快。

"我感觉自己像个吉卜赛小贩，"拉什说，"那样的生活应该是一种美好的生活。一辆旅行车、一匹马，还有各种杂物碰撞在一起的声音。"

"不需要上学。"兰迪说。

"不需要理发和剪指甲。"拉什说。

"没有好衣服。"兰迪说。

"不用担心迟到或早退。"拉什说。

虽然此刻两人都叹了口气，但仍然感觉快乐、随意而悠闲。他们想象着在树篱下睡觉，在溪流中洗涤，在篝火上烹饪偷来的鸡肉，把骨头扔进黑暗中……

"不需要刷碗。"拉什笑了起来，"哦，天哪，我们是否对艾迪森一家判断错误了。今晚我们可要洗很多很多碟子，我的朋友。"

接下来，他们来到下一个邮箱，邮箱离所属的房子不远。印在上面的名字是贾斯珀·提图斯。

"贾斯珀·提图斯。快，兰迪，你觉得这人怎么样？"

"一个高大的男人，脾气暴躁、吝啬，无法宽恕他人的那种。"

"所见略同！我也有这感觉。这次如果我们错了，我们就必须拖地板！"

房子的外观也跟两人对名字的印象不谋而合。这是一座老房子，但又不够老，它正对着马路，很高，有山墙和飘窗，屋檐上有木制花边，看起来狭窄而阴暗。前门有一扇窗户，镶嵌着蓝色和橙色的玻璃窗。

门铃不是按钮，而是一个转动的手柄。他们转动门铃，听到一个遥远的声音，就像闹钟的一声闷响，没人应答。两个孩子继续等待，在他们失去耐心之前，听到了一个声音：

"到后面来！到后面来！那扇门已经九年没有打开过了。"

绕过麻叶绣球和美人蕉，还有一个栽着紫罗兰的旧锡盆，兰迪和拉什走到房子后面，拉什贪婪地看着锡盆，说："废品！"拉什收集废品的热情，使他看所有金属的视线中都透着一丝疯狂的光芒。对他来说，最普通的锡制品已经和银子的光泽和黄金的诱惑力相当。

房子的后面对两人来说简直就是一个惊喜。这里很棒，因杂乱而充满亲和力。干抹布放在箱子里，一只白色的鸭子悠闲地踱着步，三只灰色的小猫和一只年老的狗在旁边的草地上翻滚。葡萄藤散漫地在木格上爬着，桶倒扣在一根柱子上，晾衣绳上什么都没挂，只有一些衣架像鸟儿在电线上栖息一样夹着。在谷仓之外，是一个简陋的菜园，还有豆角爬架。蔬菜丛中开满了鲜艳的花朵，颜色令人愉悦。

房子的后面与前面似乎没有半点关系。就好像后面是它真实的样子，而前面则是给来访者造成的假象，或是用来吓走那些不怀好意的人。

一位老人正坐在房屋后面的台阶上剥豌豆。他很胖，脸色红润，唯一不像圣诞老人的是他没有胡子。虽然他之前的确有一副不错的胡子，阳光下的须发都是白色。他身着蓝色牛仔裤，上面系着格子围裙。

"下午好，伙计们，"他悠闲地说，"你们想要什么？"

拉什解释着他们的任务，老人提图斯先生看起来若有所思。豌豆像雨声似的落入盆里。

"废品。我想想……我没有罐子。我把东西都装在好的玻璃罐里。不过我在果园里找到了一把耙子。埋在土里快十年，都生锈了。现在可能跟野草缠在一起了。我想起来了！我有一个炉子。是的，孩子，我有一个老煤炉！"他蹲下，把盆放在一边。

"太胖了。"他似乎很满足地说，"就是太胖了，这么多年来一直在积累脂肪。"

他蹒跚地走向谷仓，仍然系着围裙。鸭子、牧羊犬和小猫也紧随其后。

提图斯先生摘下了一片叶子，嗅了嗅，又交给了兰迪。

"柠檬马鞭草，"他说，"种来闻的。"

他带领大家来到一个棚子并打开了门。当人们长时间在同一个地方生活时，他们无法不去收集一些东西——一台老式缝纫机、几十个螺旋盖玻璃瓶、一些煤油罐、一堆带有烟灰色玻璃罩的油灯、一个鹦鹉笼，还有花盆、喷水壶、两个手推车、一条像蛇一样卷起的软管和五个日历，每个年份都不同，没有一个是今年的。另外，还有一个裁缝架子、一个带有工具架和老旧刨刀的工作台，上面布满了沾满灰尘的刨花；有两幅油画，一幅是男人，另一幅是女人。他们面孔朴素，女人下巴上的痣被勾勒得很仔细。提图斯先生若有所思地看着这画。

"是我的祖父母，"他说，"他们是非常好的人。但我觉得把这画放在这里更合适。在客厅里时，他们不停地看着我，好像在说'贾斯珀，去做你的家务！'"

他把缝纫机推到一边，露出了一个炉子。这是一个坚固的取暖炉，应该已经服务了很多年。

"提图斯先生，这真是太棒了！"拉什喘着气说，眼中闪着那种对废品狂热的眼神。

"还有'格拉斯通老夫人'呢！"提图斯先生一边拍着人

形裁缝架子一边建议道，"'她'是用很多金属打造而成的。'她'有粗壮的金属架子，非常不错。"

"但是，您可能不时会需要用它。"拉什贪婪地盯着裁缝架子。

提图斯先生笑了起来："即便我的身形相似，仍然很难穿进38号衣服，你还是带走吧。"

于是，两个孩子带走了"格拉斯通夫人"，然后是鹦鹉笼。在提图斯先生的帮助下，他们又带走了炉子，几个人扯了一些晾衣绳，用来绑住马车上的物品。

在离开之前，兰迪和拉什对提图斯先生有了很多了解。他是一个单身汉，唯一的妹妹一直在帮他照管房子，直到九年前她结婚了。那会儿，提图斯先生还是个农民。但现在他把谷仓、草地和牧场租了出去，自己和小动物们安心地住在自己的房子里。

"我总是太懒惰，"他说，"从来没有做过繁重的工作，只干些简单的活儿，还是我的良心驱使，毫不夸张地说，就是良心驱使。然而有一天，我丧失了奋斗之心。从此我不再养牛！不再养马！不再养那么多鸡，够我每天吃一两个煮鸡蛋就行。其他什么都不要，只要有毛茸茸的小动物跟我做伴。不需要锄一行行的地，不去种玉米！只种些蔬菜，当我晚饭想要豌豆时，我就有新鲜的豌豆。我喜欢在厨房里忙碌，喜欢烘焙。年轻时曾为此感到羞耻，但现在我不了。去年，我的一块大理石蛋糕荣获了布拉克斯顿博览会一等奖。是的，这就是我喜欢的生活。小动物、在厨房里忙碌、钓鱼，就是这样！"

当孩子们准备离开时，提图斯先生给了他们满满一罐子饼干，并让他们答应再来。"咱们俩去钓鱼，"他对拉什说，

"我知道有一个池子,里面有一只老鲶鱼,像西瓜那么大!这二十年来一直看我不顺眼;我还知道一个地方,羊多得出奇,它们整日蹲坐在地上,希望有人把它们抓住!"

"我也能来吗?"兰迪问道。

"当然可以,你也能来,提前告诉我,我会烤蛋糕,三层,棉花糖顶儿,里面是椰子奶油;或者可以做馅饼。波士顿奶油馅饼怎么样,比你吃过的任何东西都更绵软顺滑!"

提图斯先生站在他们面前微笑着,脑袋里想着馅饼。两只小猫摆弄着他的鞋带,他怀里抱着另外一只。鸭子把它的蹼藏在身下,卧在草地上,好似浮在水面一样。那只叫哈姆本的狗躺在旁边,舌头像粉红色的小旗子一样吊在嘴外。

他们挥手道别。

"波士顿奶油馅饼!"兰迪嘟囔着,"蛋糕,三层,棉花糖顶儿!难怪他胖呢!"

"这种生活虽然很舒适,"拉什说,"但不适合我。不过我想,人们总要找到适合自己的生活,就像找到一双好鞋子一样。"

"怎么样,拉什,我们可以回家吗?聊食物的话题,聊得都饿了。"

"我也是。但马车还有一些空间。我们再去一家农场吧!"

这里很安静。树的阴影延伸到了马路对面。阳光中闪着粉红色,阴影中有蓝色。天色已经很晚了。

"天哪!"兰迪突然说,"要洗碟子、擦地板。"

"是啊,对贾斯珀·提图斯的印象大错特错。"

"看,拉什,有个邮箱!"

这个邮箱斜歪着杵在地上,邮箱门好像合不上的嘴巴一样悬着。字迹潦草，褪色得难以辨认，好像是奥·米克。

向左边看，是一条穿过树林的分岔路，但又不算是路，两道车辙中间长着高大茂盛的杂草。

"看起来很冷清。"拉什在罗娜·杜恩转身时说道。马儿慢慢地走过，杂草碰撞着它的膝盖，又滑过车轮辐条。路边长着狂野的豚草和黑莓藤条，野黄瓜蔓让它们彼此交织在一起。

"有点吓人，"兰迪说完，又补充道，"但我喜欢！"

"可怕个啥！也许只是一条死胡同，就是连个转身的地方都没有！"

"拉什，你觉得米克会是什么样的人？或者有一家子姓米克的人。"

"嗯，我想可能就像他们的名字一样，温和，胆小，头发灰白。"

"是的，他们会有很多孩子，又瘦又胆小。"

"这次，如果我们错了，我们就得在把厨房地板擦好后再打蜡！"

一切都寂静无声，除了废品互相碰撞发出的声响，再没有其他声音。突然，一只乌鸦从头顶的死树枝上掠过，发出断断续续的声音，两个孩子吓得都跳了起来。更远处，一头母牛穿过铁丝网盯着他们，孤零零的。

"它的样子看起来好像希望能够和我们一起走。"拉什说。

他们又在林子里继续走了些路，发现自己正身处一个摇摇欲坠的农场面前。农舍墙面褪色，有一棵半死不活的松树，布满了孔洞，还有一个即将倒塌的谷仓，上面是个歪斜的风向标。

"哎呀，"拉什说，"我们还是去问问吧？"

"只能这样了。但是这里看上去相当不友好，是不是？"

突然，有两只大狗不知从哪窜出来，是那种有着巨大蓬松毛发的狗，好像穿着大衣一样，疯狂地对着罗娜·杜恩吠叫，好似着了魔。

可怜的马儿，它习惯于被温和地对待，大狗的突然出现使它惊恐万分。它跳了起来，马车跟着上下摆动，接着它就像匹赛马一样冲了出去。

兰迪尖叫起来。

"慢点，不安分的东西！"拉什咆哮着，拉紧缰绳，"可恶的狗！"

恶狗们却乐此不疲。它们用最大的力气使劲冲撞、吼叫。兰迪惊慌失措，突然想起"办公室"墙上的版画《西伯利亚狼的追逐》，此刻就是这个情景。她赶忙搂紧拉什，不让自己从马车上掉下去，否则瞬间就会被这些可怕的野兽撕碎。

马车东倒西歪，后面还装着砰砰乱响的废品——炉门不停地打开、关上，烙铁在里面疯狂作响，衣架刮断了竖琴琴弦，"格拉斯通夫人"用耙子演奏了一曲婉转的华尔兹……时不时总有个小东西因震动而脱落，飞到空中：锅盖、溜冰鞋，还有小锡兵。罗娜·杜恩敲击着马蹄，鬃毛在空中飞舞，荆棘卡在车轮上，狗仍在吠叫。

"吁！"拉什不停地大喊，"看在老天的分儿上，请你安静下来！"

"但是那些狗，"兰迪叹道，"如果马儿停下来，狗怎么办！"

"国王！黑子！"突然间，一个可怕的声音咆哮起来，

"别叫了！闭嘴！"

兰迪看见一个穿蓝色衣服的男人，他的身上肮脏，粗糙的胡须和因愤怒张大的嘴巴是脸上最明显的特征。就像变戏法一样，两条狗退下了，马儿也立刻放弃了疯狂的行径，只是徒然地在谷仓前战栗发抖。一只棕色的大猪从围栏中向外看，对着人们大叫，散发着可怕而令人窒息的味道。

"你们在我的地方鬼鬼祟祟地干什么呢？"男人边问边向他们走来，手里拿着一把干草叉，谷糠沾在他湿漉漉的手臂上。

拉什站在可怜的马儿旁边，抚摸着它颤抖的脖子，兰迪也在旁边，她不记得什么时候从马车上摔下来了。

拉什说："因为，因为我们来看看你们是否有任何废品要捐给政府。"又过了一小会儿，他又加了一句"先生"。

"废品？"那人问完，很随意地向旁边吐了口口水。

"是。就是旧金属、旧电线、罐头、炉盖，任何旧东西。为士兵征集。"拉什解释说。

"老旧的自行车。"兰迪补充说，她突然为自己感到吃惊和厌恶。她脸红了。老旧的自行车！我的天哪，怎么会说出这句话！

"你们俩听着，"那人走近，两个孩子不由自主地退后了一步。他看起来凶巴巴的，好像要打他们，"看那边的沟壑，人们称之为'锈蚀沟'。风雨侵蚀着那里，所以必须用废品把它填满，否则就会越来越大。这就是我放废品的地方！旧弹簧、生锈的犁、铁丝……赶紧去吧，离开我这里！不要回来，否则我就放狗了！"

"你不是很爱国，先生。"拉什回到马车上，让罗娜·杜恩朝回去的方向转身时，他才说出来。

"爱国，别逗了！"男人说道，又歪着头吐了口口水，"我得生存，不是吗？"他似乎突然感到愤怒，挥了挥他的干草叉，"快走！别停下！快走！"

马儿罗娜·杜恩无法前进得更快些，它缓慢而谨慎地走着，恰如一位刚刚被惊吓过的女人。

"这人太可怕了！"兰迪说，"我讨厌他！"

"他是个坏人，"拉什同意，"希望他没有任何孩子。"

"他不会有的，"兰迪吓坏了，"因为他太坏了。"

在下一个弯道处，他们遇到了一辆干草车，像一个毛茸茸的巨兽一样鼓起来，由几匹精力充沛的马牵引，一名十三岁左右的男孩驾驶着。拉什驱使马车来到路边。干草车也停了下来，男孩没有微笑，而是稳重地看着他们。他身穿褪色的蓝色工作服，没有衬衫；皮肤下的肋骨根根分明，头发因阳光的照射而发出很浅的颜色，几乎是白色的。

"你好。"兰迪的声音低哑，她无法分辨男孩是否会变得凶狠或友善，但值得冒着风险问候一句。

"你好。"男孩说完惊讶而开心地笑了，他的笑容羞涩却光芒四射。

"你父亲刚刚把我们赶出了你家。"拉什说道，罗娜·杜恩把马车向路边的野草带了带，拉什接着说，"我们想知道他是否有任何废品给我们，但他并没回应。"

"啊，他像蛇一样恶毒，"男孩漫不经心地说，看到面前震惊的两张脸，又补充说，"他是我的二表舅，当我成为孤儿时，我被人送去和他一起生活。"

"可是能够收留你，听起来相当善良啊！"兰迪说完，因为自己假惺惺的语气踢了自己一下。

"不是他。是他的妻子迫使他接受我的。他给出的唯一理由是我能够工作，他也不需要付钱。"

"他妻子听起来人很好。"

"是的，她曾经非常好。"

"她现在不好了吗？"兰迪问道，这次是拉什踢了她。

"她在两年前的七月去世了。"

"哦。"兰迪的脸像发烧了一样。四下里很安静。罗娜·杜恩勤劳的嘴巴不停地嚼着，那是一种芳香而令人感到踏实的声音。

"你刚才说你们在收集废品？"

"对。"

"呃，是这样，我现在有一辆旧式货车，有点生锈；还有我小时候舅妈给我的三轮车。你想要吗？"

哦，人们都还是很善良的，兰迪想，人们对彼此如此友善。她对刚才那个可怕的人的所有记忆暂时都忘记了。

"我们当然想要！"拉什说，"正是我们需要的。我们可以和你一起回去取吗？"

"不，"男孩强调，"他肯定会赶你们的。"他很安静，但在那一瞬间，他清澈的眼睛似乎在思考某件事，某件他不喜欢的事。

"这样吧，"他想到了办法，"告诉我你们住的地方，我会给你们送去，一有机会就去。"

"我叫拉什·梅伦迪，她是兰迪。我们生活在'不三不四'的小别墅。你知道在哪里吗？"

"我从没有去过，但我听说过，在屋顶上还有小屋，是吗？我很想看看它。"

"好吧，尽快来吧。我们会带你四处转转。对了，你叫什么名字？"

"马克·赫伦，我很想去的。"他的脸忽然阴沉起来，然后他抬起头来，微笑着，明亮而羞涩，"奥伦星期三去城里。"

"奥伦？"

"奥伦·米克，就是他。"男孩朝农场方向努了努嘴，"他星期三去城里，那是赶集的日子，你们可以过来。听着，我知道有一个很好的地方，那里有很多箭头，我发现了很多；一个秘密的树林里有一个山洞，没有人知道它，但我知道；我还知道哪棵树有蜂蜜；有一个峭壁，全是崖燕，有很多很多；还有一个旧的大理石采石场，大约离这三英里，现在灌满了水，我们可以在那里游泳。我们可以玩得开心。你们会在星期三来吗？你们俩都来？"

他所提供的选择令人眼花缭乱，拉什说："我们一定来！"

但兰迪犹豫了："米克先生呢？如果他发现了，你会不会被抓住？"

"也许他不会发现。即便他发现了，我也不在乎！"

"我们会来的，"兰迪承诺，"我们会来的。"

他们互道了再见，赶着马车回到路上。

"他真是个不错的人。"拉什说。

"而且很孤独。"兰迪补充说。当兰迪想起马克，她意识到自己从未见过如此孤独的人。

此刻，他们觉得又累又饿。马儿罗娜·杜恩也是如此，它垂着头，尾巴耷拉着。树林似乎在晚上显得更高，更深沉，更神秘。路两边花儿散发着清香，沁人心脾。

"哎呀！"兰迪说完，突然坐直了，"天哪，还要洗盘子、拖地和打蜡。哎呀呀……"

拉什笑了起来："我知道，猜测人的性格，我们并不擅长。但作为废品收集人，"他看着后排座位的战利品，"我们能得个'优等'。"

第三章　莎士比亚会不会问"是否太热"？

这座"不三不四"的小别墅如同掩映在绿色的山洞中。挪威云杉站在它两旁，投下深深的树影，边上是橡树、榆树跟梧桐；小溪下面是垂柳和枫树。多亏了不停唠叨的拉什和勤劳的威利，草坪维护得像宝石一样翠绿，像小马的鼻子一样柔软。在草坪之外，树林绵延开去，在无边无际的绿色浪潮中，山谷和山峦被层层淹没了。

莫娜穿过草地，用手帕扇着风。近十天来的天气很热，没有风穿梭在那绿色的屏障中。晚上，窗帘在敞开的窗户上纹丝不动；屋外，连星星看起来都很热，就像天空中的余烬；柳树下，萤火虫漫游的灯光整夜整夜地消失。像往常一样，在这样的天气里，尽管人们互不相识，但都不约而同问起同样乏味的问题："很热吧？是不是很热？跟火烤似的！"

人们谈论的事情真愚蠢，莫娜轻蔑地想，她走上树木繁茂的小山。我敢打赌，莎士比亚从来不问任何人是否太热。她试图想出一句莎士比亚笔下关于炎热天气的内容，并且很高兴能够引用：

"别再害怕骄阳的炙烤……"①

不知我这个年龄的女孩有多少人能在适当的场合引用莎士比亚，莫娜想着，脚却绊在一块岩石上。骄傲自大就会导致失控，她谦虚地告诫自己。她经常注意到，只要是在她感到最满意的时刻，她就会突然被绊倒，要么就是打嗝，或者脚底一滑。

"可否把你比作璀璨夏日？
你却比夏季更可爱温存。"②

莫娜对自己说，竟然还有一句！这没什么，我并不比别人高明。这一次，她很小心地看脚下的路。

拉什的树屋建在山坡上一棵坚固的橡树枝上。莫娜知道他在那里，因为他的一只脚悬在外面。

"拉什！"

"嗯？"

莫娜爬上了树屋。拉什平躺着，正仰望着什么。

"你在做什么？"

"观察。"拉什一动不动地回答。

"观察？叶子这么厚，你连天上的飞机都看不到。"

"谁说我要看飞机？我在观察啄木鸟。"

"哦，为什么呢？"

"我挺喜欢它们的。特别是红脑袋的，它们非常聪明，还

---

① 莎士比亚剧作《辛白林》中的诗句。

② 莎士比亚诗作《十四行诗》中的句子。

会打拍子。它们总是吵吵闹闹，但又并不在意。当它们在树侧面来回敲击诊断时，看起来像是披着披肩的老妇人在爬梯子。它们打钻时的噪音，就好像冲锋枪。"

莫娜也抬起头来。

"我从没留意到以前的树木也有这么多叶子。"

"这种感觉一般都是在初夏，"拉什说，"到了七月中旬，你就习惯了。"

"不，我觉得不一样了，越往后，叶片越萎缩，也不那么蓬松。哦，顺便说一句，我上来是告诉你，你的朋友，姓艾迪森的，打电话给你。他们想过来，我说好，别忘了带上泳衣。"

"太好了！"拉什站起来伸展着，"去泳池吧。"

"好啊，"莫娜叹了口气说，"哎，很热，不是吗？"

莎士比亚的影子嘲笑了她。

已经穿上了泳衣的兰迪正在草坪上跳舞，环绕着铁鹿做着一连串跳跃和踮脚动作，不时以恳求的姿势跪下。

"我是《特洛伊》中的海伦，"当莫娜和拉什经过时，兰迪喘着粗气指着铁鹿说道，"那就是特洛伊木马。"

"《特洛伊》中的海伦！"拉什大声模仿，故意拉长语调，还躺在草地上滚动。兰迪觉得内心受到了伤害。但是没有时间指责了，艾迪森家的孩子来了。他们把泳衣和毛巾绑在棍子两端。

"我们是流浪汉！"达芬喊道，"我们正在前往阿拉斯加淘金！"

然后，她看到了莫娜，羞涩再度回到了她身上。大卫竟也不好意思起来。

"你好！"他说，样子扭捏而难受，"天哪，很热，不是吗？"

"这是莫娜，我的姐姐，"拉什说，好在他还记得礼节，"我还有个弟弟，名叫奥利弗，但我不知道他现在在哪里。"

"肯定是去钓鱼了，"莫娜说，"他现在只做这一件事。"

达芬盯着莫娜。

"我们在广播节目中听到了你的声音，"她终于说道，"天哪，你永远是那么棒！"

"真的不错！"大卫同意。

现在轮到莫娜害羞了。她还不太习惯当电台明星。

"好吧，不要把她和波利·彭福尔德搞混了，那只是她扮演的角色，"拉什告诫道，"波利应该是被人误解的天才。大人的想法是：一个聪明的孩子老是做愚蠢的事情，你懂的。但是，莫娜只是普通人。她不是什么天才。"

"不，她当然不是天才，她是个善良美好的人。"兰迪同意。

莫娜觉得自己的魅力被如此无情地撕了个粉碎，但她没有表现出来。

"我去穿泳衣，"她说，"达芬，你和兰迪一起去；拉什，你把大卫带到你的房间。"

这游泳池在各方面都很不错。梅伦迪家的孩子整天都在泳池进进出出。它并不很大。即使小奥利弗游十一下也能游到对岸（或十一个狗刨），孩子们也总是需要把毛毛虫和死黄蜂从中挑出来，但至少有水，并且够深，有个地方甚至可以没过父亲的头。

拉什在最深的位置上方建了一个跳板。为了能让跳板把人轻松地抛向空中，拉什夜以继日地修修补补，直到你往上一蹦，它能把你像弹簧一样弹得老高。这太好了。

拉什花费数小时练习他的镰刀式入水；莫娜喜欢天鹅式潜水，并且很擅长，除了总是忘记伸出脚趾，这就破坏了效果；兰迪正在学习潜水，一次又一次地把自己逼到极限；但奥利弗不玩跳板，他满足于从岸边跳入水中，肚皮朝下。

大卫·艾迪森原来是一位明星级的游泳高手。镰刀式入水时，在正确的时间打开身体，可以在做天鹅式潜水的时候记得伸出脚趾，他可以自由泳、仰泳、蝶泳，并且比任何人待在水下的时间都长。莫娜和拉什很羡慕，他们被激烈的竞争点燃了！但达芬只能跟上兰迪的速度，她们俩静静地在一起游，不时说两句话。

小虫子好像悬挂在游泳池上方，闪着淡黄色斑点，枫树叶轻飘飘的，蜻蜓徘徊，似在空中安睡。梅伦迪家的孩子和他们的朋友们泡在水里，像旧木头一样，皮肤都皱了起来，指甲变成蓝色的，头发在眼睛上垂着，好像一股一股湿漉漉的绳子。他们非常愉快。

"天哪，那是谁？"莫娜突然眯起眼睛，透过湿漉漉的睫毛看向马路。

一个男孩正沿着路走着，身后拖着一辆小型深褐色货车，这车显然有些年头了，车轮摇摆不定，向两侧倾斜，里面有一辆三轮车，也是个饱经沧桑的物件，还有一把破镰刀、一把火镰和一个老式捕鼠夹。男孩的模样与他的财产相配——赤脚、赤膊，只穿一件褪色的工作服，草帽边缘已磨得不清晰了。他的手臂细长，两侧肩胛骨突出。

"这是马克·赫伦！"

"他带来了废品！"

兰迪和拉什跑出泳池去迎接他，他们像麻雀离开水坑前一样在阳光下洒出许多的水。

"马克·赫伦！"达芬大喊。

"好吧，你们不需要看我表演了。"大卫说。他跟达芬俩把身子挂在泳池边，盯着路上的男孩。

莫娜对他们皱着眉，不解地问："马克·赫伦是谁？"

"他是我们学校的，"达芬告诉她，"除了一个卑鄙可怕的表舅以外，他没有任何人可以依靠。"

"他在我的班上，"大卫说，"我是说，他来上学的时候是。"

"为什么？他不喜欢上学吗？"

"当然喜欢，但是他表舅奥伦让他回家用一半的时间做家务。但他很聪明，不必像其他人一样努力学习。"可怜的大卫这时看起来很失落，他想到了自己在算术和拼写上做出的刻苦努力。

"有一天，老师施密拉普小姐去马克的农场看望他，施密拉普老师个头很小，她开着自己的福特小车来到米克的住处，谈论让马克上学的事情。奥伦却把她赶出了出去。施密拉普老师告诉我母亲，奥伦像一个印第安人一样追着她大喊大叫，还放狗撵她。她尽全力跑回车里，砰地关上了门，从车窗户向外探头，大声而迅速地说出了自己的想法。当老师开车离开时，他向她扔了一个炉盖，至今她的车上还有一个凹痕。"

"是的，后来是学校派了督学普洛维尔先生去找他，"达芬咯咯地笑道，"他是一个可怕的大个子，很胖。"

大卫也跟着笑了起来。

"他甚至没有时间回到车里，只能跑，后面跟着两条狗，好几天都喘不过来气。还得请治安官去把车开回来。"

"我知道嘲笑别人不好，但真的很好笑。"达芬试图让自己看起来很震惊。

与此同时，兰迪和拉什正在为这些废品而欢呼，就好像马克带来的是一堆宝石。

"哇，很漂亮啊！"兰迪大声喊着，眼睛凝视着捕鼠夹。

拉什说："你把东西从家里一路送来，真是太好了。"

"哦，没什么，呃……"马克说着挥了挥手中的帽子。他的目光投向泳池。兰迪看到了他上唇的汗珠和帽子上的汗渍。

"来游泳吧。"

"哦，我最好还是回去吧，非常感谢。"马克赤脚走到草地上却又停了下来，好像双脚根本无法离开。

"别走，就游两下，我借给你泳衣。"拉什坚持说。

马克犹豫了一下，渴望地看着泳池，笑着转向拉什。

"好吧，就几分钟。"这次他的脚跟上了拉什，快速、轻松而愉悦。

"那么，这就是那个'不三不四'的小别墅？"他们边说边走近房子，"看起来确实不错。"

"只是个旧房子，但是还不错，"拉什的语气中全是骄傲，"全城也没有第二处！"

"上面的小东西——那顶塔，我很喜欢。有这么多扇窗户，还有一个小屋顶。我敢打赌在这里睡觉会非常美妙。"

"你也可以来这过夜，睡在上面。"

马克明亮的目光在闪烁："不，我想我可能永远也不会有机会睡在这。"然后他又咧嘴一笑，"但是能够见到，我也很高兴。要不，星期三你和妹妹一起来我那里吧？可以吗？如果不下雨的话？"他的声音中充满了渴望得到答复的紧张感。

"我们很想去。"拉什说。

艾迪森家的两个孩子看到马克很高兴，而马克看到他们愉快的样子也很兴奋。他游泳游得不错，但从未尝试过潜水。拉什和大卫花了好一会儿才让他渐渐掌握这门技术，大家都乐在其中。而女孩们在泳池的一头尽情地聊天——达芬悄悄地讲给两个女孩关于马克的事情。

"他的表舅时常虐待他，竟然还打他！"达芬瞪大了眼睛看着兰迪和莫娜，她们俩踩着水，也盯着达芬，"有一次他青着一只眼睛来上学！他的午餐盒里几乎没有什么东西可吃。大卫曾经试图给他一些，但马克自尊心很强，不会接受任何给予。我们都喜欢马克，都想跟他交朋友，他人也很好，但一到放学他就没影了。他不跟任何人一起回家，也从没请任何同学去他家。我们都害怕他的表舅，我猜他也知道。

"你知道奥伦平时是怎么虐待马克的吗？只要他不在家，他就把马克锁在房间里。马克告诉一个男同学，他告诉大卫，大卫告诉我的。但马克知道一个出去的方法——爬窗户……"

过了一会，兰迪游到拉什身边，将这一切告诉了他，兰迪盯着马克的目光充满了酸楚。马克是一个干瘦的男孩，湿发搭在额头，正捏着鼻子在跳板上冲刺。但兰迪看到的不是一个男孩，而是一名沉默的勇士。

拉什向她扬了一把水："不要那样看着他。我敢打赌，你这种眼神就是他在学校避开同学的原因。"

"你在说什么啊？"

"我敢打赌，他讨厌被人可怜。如果他认为我们是在怜悯他，他也会设法摆脱我们的。"

"但是，拉什，他被人这样虐待！"

"也许他跟你想象的不同，人们从不觉得自己可怜。他们可能会感到生气、难过或抑郁，但不会觉得自己可怜。"

"你怎么知道？"

"我就是知道。"

兰迪欣然认同了拉什的智慧。

孩子们游完泳，在草坪上玩耍，马克展示了自己倒立的技巧，兰迪的脸上写满了羡慕。她自己也可以翻跟头，拉什也会倒立，直到满脸发紫。但是倒立行走，就是另一回事了。即使是莫娜，也觉得很了不起。兰迪的心中充满了同情和不安，尽管大卫和拉什都身先士卒地去尝试了，但他们都无法保持行走的姿势；兰迪和达芬也试了，还有莫娜。没有人能够做得像马克那么好。过了一会儿，孩子们玩热了，又回到了泳池。

"我的老天！"卡菲在房子里喊道，"你们这些小孩，如果不赶快从泳池里出来，一会你们就会像海绵一样渗出水来。快出来吧，已经五点多了！"

"五点多了！"马克爬上岸，"我得快点。我肯定错过了挤奶的时间。奥伦就会……"

还没说完，他就跑回了屋子。

其他孩子也都上了岸。

"我们也得赶快穿上衣服，"大卫说，"我们可以和马克一起走。来吧，达芬，走！"

孩子们从泳池出来时都很干净，好像打了蜡一样。衣领上垂着湿漉漉的头发，鼻头通红。

"我们走了，非常感谢。"马克说。拉什补充道："记得周三的事情！"

艾迪森兄妹俩在道别时又变得腼腆而礼貌。

"我们过得非常愉快。"

"我们也一样。"

他们上车后转头挥手。

"我喜欢马克，"莫娜说，"虽然他们都很不错，但马克是最好的。"

拉什叹了口气："一想到他得回到那个家，我就难过。今天他很有可能因为错过了挤奶时间而挨鞭子。"

"哦，莫娜，你真应该看看他住的地方！"兰迪说，"一幢快要散架的老房子，谷仓也破破烂烂，有很多又大又讨人厌的猪，还有大狗，特别凶猛。"

"还有一个恶毒的表亲奥伦。"拉什接过话来。

"听起来像《格林童话》故事，"莫娜说，"一点都不真实。"

"没错，"拉什同意道，"只要再来一些蝙蝠、猫和秃鹰，还有一个煮毒药的邪恶继母。"

"就算有这些，情况也已经坏到顶点了。"兰迪说。莫娜道："我们得帮帮他，想个办法。"

孩子们站在草坪上，每个人都在思考马克的事情。

"拉什！"前门传出恼怒的声音，"赶快进来，把你的湿洗漱篮从壁炉架上拿走！兰迪，把头发弄干！莫娜，为什么还不摆桌子？"

"留神，卡菲，"拉什警告道，"您的声音听上去，就好像在努力想要变成坏继母。如果您还这样说话，我们就把您交给奥伦·米克。"

"不，我们不会的！"兰迪跳到卡菲旁边，用力拥抱着她，"因为您对我们太好了。"

"对你太好了？"卡菲吓了一跳，她抚摸着兰迪的头，"孩子，你的头发还在淌水！把毛巾拿过来，我帮你擦干。"

莫娜懒洋洋地抱着膀子向房子走去，看着阳光在发梢闪闪发光，她想起了一些诗句：

> 三个明丽的春天投入了秋天的枯黄，
> 在季节的交替中我看见，
> 三个四月的芳香在六月焚烧……①

"啊，这儿有一个！"莫娜看着水珠，沉浸其中，"还有一个，我甚至都没有用心找。"

威利打乱了她的思绪。此刻他正扛着一袋饲料从房子一侧转过。

"你好，莫娜，"他说，"天气是不是有点太热了？"

---

① 莎士比亚《十四行诗》中的诗句。

第四章　箭头

星期三真是美好的一天。湛蓝的天空，让每样事物也都裹上了蓝色的边缘。阳光照在早餐桌上，将蜂蜜变成耀眼的金色，让人无法直视，而且连味道也是金色的。空气中弥漫着夏季、阳光和三叶草的香甜。一切都很美味。

莫娜打着哈欠，盯着窗外。她的头发上插着玫瑰，看起来很美。

"今天是个特殊的日子，"她说，"人们只能用特殊的日子来做特别的事情。我知道我要做什么了！我要去树屋写剧本；然后去烤天使蛋糕，不需要人帮忙；再然后……我可能会去洗头发。"

"你这一天的结局有些虎头蛇尾，"拉什说，"我和兰迪的确会做一些特别的事情，但这是一个秘密。你打算做什么，奥利弗？"

"钓鱼。"奥利弗一边回答一边剥鸡蛋壳。

"这还用问吗？"莫娜说，"在过去的十天里，他没有做任何其他事情。但我认为钓鱼仍然是他会去做的最重要的事情。"

早餐后，兰迪和拉什开始做野餐。拉什的三明治料很足，蛋黄酱都要流出来了，生菜也挂在外面，但尽管如此，兰迪还是喜欢自己做的。他们还带了满满的熟鸡蛋，在暖水瓶里倒了牛奶。这些食物对于三个人来说足够了。

他们肆意地在马路上骑着自行车。晨光照耀下的山谷像金色的河水一样流淌，露水闪着光亮，鸟儿生机勃勃地啾啾叫着。拉什骑着车子冲下山坡，他双臂交叠，双脚放在车把上，没有摔断脖子真是万幸。兰迪没有做如此危险的动作，她惦记着篮子里的午餐。她用尽全力地唱着歌：

"快，漂亮的船，就像长着翅膀的鸟，

在海上，冲向蓝天！"

哦，这是怎样的一天啊！兰迪觉得如果自己集中精力，她的自行车就会飞起来，完全脱离地球，飞上那灿烂的天空。

他们很快就来到了奥伦·米克家歪歪扭扭的邮箱旁，邮箱在树影中，树木斜立在路边，突然间，鸟儿也寂静了。

兰迪立住自行车说道："有点吓人。"这和她第一次走上这条路的感觉一样。

"也许是因为我们早已知道是什么样的人住在这里。"拉什说。

两个孩子安静地把自行车挪到坡路上。湿湿的牧草拍打着他们的双腿，运动鞋上很快就挂上了蘸着土的露水和花粉。

"我希望他不在。"兰迪紧张地说。

"咱们心有灵犀，"拉什说，"我也不希望他在。"

"也许我们应该在灌木丛里躲一会儿，"兰迪怯懦地说，"咱们其中一个人可以去侦察。"拉什没有看她："你的意思是我去侦察吧，谢谢，不用了。别那么胆小，米兰达。"

"什么？我不胆小，"兰迪不自信地说，"你知道，我只是比较客观。"

但这一切都无关紧要。他们爬上了山坡，看到了米克的农场，那里荒凉如初，除了马克正在用镰刀铲野草外，别无他人。

和以前一样，那些大狗不知从哪里冒出来，向他们奔去，明晃晃地龇着利齿。兰迪蜷缩在拉什后面，拉什则尽量躲在自行车的后面。

马克对狗怒喝一声，两条狗不情愿地放弃了追逐，却仍然嗅着两个孩子，委屈地低吟。

"哎，我还怕你们不能来了。"马克说完，扔下镰刀，高兴地笑着朝他们走来。

"米克走了？"兰迪忍不住问道。

"哦，当然，大约一个小时前走的，你不用担心，天黑之后他才会回家。"

"我的妹妹有点胆小，"拉什解释道，"她其他方面都还不错。"

"你们俩想先做什么？"马克问道，很快进入了主人的角色。

"去看箭头！"拉什说。

"去采石场！"兰迪说。

"为什么不两个都去呢？"马克提出建议，"你们带了泳衣吗？"

"当然，"兰迪说，"就在自行车上的午餐篮子里。午餐是给我们仨的。"她急忙补充道。

"你不需要为我担心，"马克看起来很自豪，"有些时候我甚至都懒得吃晚餐了。根本就是忘了。"

"好吧，你不应该这样，你正在长身体。"兰迪严厉地说。

"听奶奶的话，"拉什嘲笑道，"全是经验！"

"她说的没错，"马克平和地说，"来吧，我们走！"

他们跟着马克，穿过臭气熏天的猪圈和破旧的谷仓，又走过一片贫瘠的草地，爬过栅栏，进入山坡上的树林。慢慢地，灌木丛变得越来越多，越来越难爬。黑莓藤子、花椒、野生葡萄藤、铁线莲，全部缠绕在一起。倒下的树木枝丫像鹿角一样立着，好似在打伏击。如果三个孩子没有穿着厚厚的牛仔裤，他们的腿就会被划得血淋淋的。

因为路程艰难，孩子们没有说太多话。他们喘息着，挣扎着，在这荒蛮之地撕出一条路。兰迪的头发时不时缠在荆棘上，拉什的衬衫也破了洞。

飞蛾见到光明，奋不顾身地扑来，随之而来的还有大量的蚊子。但孩子们并不介意，他们看到了很多有趣的东西：一个好似大银梨的黄蜂巢，一根被菌子修剪得像橘皮样的树枝，映入眼帘的是一条活的拐杖①，还有一些小的橙黄色蜥蜴（马克管它们叫"小水蜥"），一只猫头鹰在树枝上茫然地坐着。

① 可能是蛇。

潮湿背阴的树根上长有不同种类的苔藓；在巨石上，扁平的地衣好像是被拍扁的灰色玫瑰花丛。他们还看到各式各样的毒蘑菇，红色、黄色、斑点的，还有银色的，一堆一堆地挤在一起。在一块小空地中间，站着一柄精致的白色蘑菇，带着粉红色的衬里，孤独而骄傲。

"那是鹅膏菌，"马克悄声说，"'致命天使'，人们说，只要咬一口，你就会在痛苦中死去。"

"我的天哪！"兰迪发出感叹。

"你懂得真多，林子里各种物件的名字，"拉什说，"真希望你能教教我。"

马克很高兴："我觉得我的很多读音肯定是错的。有机会去迦太基时，我会去图书馆；我们学校的施密拉普小姐给我们讲了一些，表舅妈也教了我很多。但还有很多是我不知道的。"

终于，他们走出了林子。

山顶的下方，有一片贫瘠的砂岩地层，凹凸的断面布满了崖燕洞穴。

"小心有蛇！"马克说，"这里有响尾蛇。"看到兰迪惊恐的脸，他赶快补充道，"它们只是胆小害羞而已。"

尽管如此，兰迪和拉什在接下来几分钟都小心翼翼的，可没过多久，他们就忘记了蛇的事情。

砂岩洞穴的神秘，让人急于探索。在有的洞穴里，他们发现了小小的爪印，被啃咬过的坑，打扫的证据，却不见任何人。在其他洞穴中，高处有很多燕子窝，有不少是空的，因为已经是季末了，只有一些燕窝被雏鸟或者鸟蛋占据。天空之上，燕子父母刀尖般的身形，呈弧线飞来，叫声尖厉而警惕。

"咱们别去管这些可怜的小东西了，"马克说，"我发现的箭头大多都在这个悬崖下面，在经年累月中松散的岩石和沙子里。"

野草干燥蓬松，在废墟中生长。太阳越来越强烈，直打在岩石上。汗水顺着兰迪的额头落下，但她并不在意。她用一根棍子戳起鹅卵石和碎石，像垃圾堆上的吉卜赛老人一样快乐。

兰迪找到了第一个箭头，也是那天唯一的一个。

尽管炎热而疲倦，但兰迪很愉快，她慢慢走着，哼着一首没有歌词的调子，想着午餐篮里的三明治，也不再戳地上的任何东西。突然，她觉得花丛之间，好像有一个明亮耀眼的东西，兰迪试着不去看它，然后又盯着它看，什么也不说。就算她发现了一块鸽子血红宝石，一枚公主的钻石戒指，亦或是奥西里斯①的护身符，也不会如这般惊喜。

她的声音出奇的安静。

"我找到了一个，我发现了一个箭头。快来！"

"你太厉害了！"马克说。

"真棒！"拉什说。

男孩子们赶紧过来看。箭头躺在她的手掌里，轮廓清晰，发着光亮。紧贴皮肤的是冰凉舒爽的感觉，而在阳光下它又像蜜糖一样闪闪发光。

"白火石玻璃一样美丽，"马克说，"还很大。"

"天哪，真的很美，兰迪。"拉什和兰迪一样高兴，"来，咱们看看还能不能找到更多。"

拉什和马克继续又戳又挖，而兰迪没有。她不希望任何事物来破坏这美好的一刻。两个箭头本来就不如一个完美。她坐

---

① 古埃及神话中的冥王。

在一块没有草的地上，看着她的收获——手掌中这枚熠熠生辉的箭头，又在牛仔裤上磨了磨，仍然很锋利。她把箭头放在地上，瞥了一眼，随意地转过身来，假装刚刚看到它——惊喜的程度不亚于第一次。

她想象着印第安人把尖尖的石头打磨成小箭头。她先是将他描绘成一位老酋长，脸上干瘪得像晒过的杏子，戴着毡帽、披着羽毛斗篷，还有一个类似"咆哮爪子"的名字；或者他的使用者是一位男孩，红皮肤、黑长发、牙齿洁白，跟拉什年龄相仿，可能是未来的酋长，是海华沙①的样子；但她最希望的是位少女，十二岁左右，身着白色的丝绸，头发上插着一根白色羽毛。她叫"小白桦树"，或者"孤独的天鹅"之类的名字。女孩内心充满了冒险情怀，拒绝坐在家里和其他女眷织补衣物或做饭。相反，她带着她的弓箭，徘徊在夜晚的湖边，像一个白色幽灵，哼着奇怪却令人难忘的旋律。兰迪叹了口气，这是一个可怜的女猎人，她盯着她的猎物，高声歌唱。忽然兰迪意识到，周围几英里并没有湖，而这想象中的"小白桦树"的家园之前出现在乐谱封面或药房日历上，而非在这个山谷中。

"这里曾经住过什么样的印第安人，马克？"她问。

"最勇敢的易洛魁②人。很久以前他们应该在这个山谷中进行了一场战斗。这就是为什么这里有这么多箭头。"

"咆哮爪子"、海华沙和"小白桦树"的形象消散了。取而代之的是一个野蛮的陌生人，长着鹰钩鼻子，脸颊涂着条纹状的油彩，身着缠腰布，脚踩鹿皮鞋，头发直立，呈狭窄的

---

① 印第安长诗《海华沙之歌》中的人物。

② 生活在美国纽约州、威斯康星州、宾夕法尼亚州、俄亥俄州，以及加拿大安大略和魁北克省的母系氏族制印第安人。

新月形状。他在树林中移动，像动物一样无声无息，他弹无虚发，从不微笑。兰迪以新的视角审视这枚箭头，能够描绘出创造者的信息，让兰迪很高兴。

"我很热，"拉什说完就躺在地上，突然想到这里可能经历过最残酷的战争，又立刻坐了起来。"天哪！草！"他一瘸一拐跑到兰迪身边，让她把草从自己的裤腿和运动鞋里捡出来。

"我可忍不了草梗，"他说，"就像我赤足时，忍不了碎石路；还有紫蓟（除了看起来不那么吓人的）；还有蜇人的水母、甲虫、碎片和辛辣的食物。兰迪，你讨厌什么东西，要不假思索地快点说，就是你不喜欢的日常事物。"

"算术，"兰迪飞快地说出一个，"黄瓜、洗碗，还有梳通我的头发、肚子疼、衣服领子上的污迹，还要继续吗？"

"不，轮到马克了。快，不要想，直接说。"

"嗯，野草、臭臭的肥料、冬天早上起床、母鸡、蚊子、奥伦。"

大家都沉默了。马克看起来很尴尬："好吧，我只是像你说的那样不假思索地说了出来。"

"他对你那么差吗？"兰迪憋不住了，问道。

"比响尾蛇还恶毒，"马克说完又笑了起来，他不想再谈这件事了，"我们现在去采石场吧？去那里游泳可能会很不错。"

"是的，然后吃午饭！"兰迪想着带来的那份大餐，欣喜地说。

他们沿着山脊又走过一英里路，然后从另一侧穿过高高的榛树丛，又来到了另一个山坡上。

采石场里，粗糙的大理石墙壁围着一个池塘。池塘不大，但很深，满是纯净的泉水。它像黑曜石一样黑暗光滑而清澈，倒映着清晰的景象：天空中的一片云，弓形的黑色桧丛，还有三个向下看的孩子。

"很深啊！"拉什说。

"是啊，人们说这里有三十英尺深，还很凉。"

"天啊，我都迫不及待了！"

男孩们消失在一块岩石后面，兰迪则发现了一片杜松丛作为她的更衣室：这里的毛刺刮得人发痒。

"真不想打破它的宁静。"兰迪看着这静止的一汪水说。

孩子们都穿好了泳衣。拉什第一个跳了进去。在那一瞬间，他可以看到自己被完美地印在水面上，然后穿过，将蓝天留在了身后。"潜得不错。"在进入水中的一刹那，拉什忙不迭地在心里称赞自己。紧接着，所有的思绪都飘走了——什么都不存在，只有无法供人呼吸的液态状的冷水，可供他向上挣扎，他像一个香槟酒瓶的软木塞一样，浮到了岸边。

"我的老天！"

"冷吗？"兰迪问道。

"冷！太冷了！"拉什这么说一点不为过。

"因为这是泉水，"马克解释说，"你第二次进去的时候就不会那么糟糕了，而第三次的感觉会很棒！"

兰迪踮着脚尖，她已经练习了很长时间，可她的兄弟拉什恶语相加。

"你就像那些老式的洗澡美女一样做作，"他说，"你应该穿上长袜，手拿一把遮阳伞。"

"拉什，你这个坏东西！我根本就不是那样！"兰迪手捏鼻子，像跳跳板一样跳了下去。

正如马克预言的那样，第三次是最好的。他们不再因冰凉刺骨而感到麻痹，取而代之的是一种温暖、兴奋，好似拥有超人的力量。他们叫嚷、溅起水花、翻滚，又互相躲避。

兰迪以前从未潜过这么深。她充满力量和胆量，向远处游去，身边偶尔经过一两只挣扎的苍蝇或甲虫，她用叶片做成小船，晾干它们浸湿的翅膀和腿。这个举动让她觉得自己很高尚，她想象着整个天堂里的人都在俯视并点头称赞：米兰达·梅伦迪是一个善良、慷慨的女孩，救起小昆虫，不因善小而不为，她理应得到回报。兰迪沾沾自喜地想起了箭头，可能这已经是一种奖励了。她的脸上挂着甜美的微笑游回来，泳帽上散发着昭昭雾气。

"你为什么把脑袋露在水面上游泳？"拉什坐在池边问道，"你真的很像老式的洗澡美女一样做作，你为什么咧嘴傻笑？"

兰迪抓住了哥哥的脚踝，想将他拽回泳池。拉什躲过了她，兰迪又拽……天堂不再考虑米兰达·梅伦迪的道德奖励，而开始去忙其他的了。兰迪的光环掉落到了三十英尺的水中。

他们并排坐在池边，只有脚浸没在水中，看着身上的鸡皮疙瘩一点点消退。

"我感觉血管里不是血液而是姜汁，"拉什说，"哦，兄弟，我饿了。"

马克心不在焉地望着远处，好像如果承认自己饿了就犯了什么错误。尽管如此，他们几乎没费什么力气就让他吃了拉什的三个大馅料三明治、两个填馅鸡蛋、一个橘子和无数个饼干。

之后，他们又坐在阳光下晒了一会儿太阳，就接着游泳去了。水比之前更冷，因为泳池的表面已没有了太阳的直射。没有了阳光，泳池看起来更深沉，更阴暗，更危险。

马克带领两人抄其他路线回去。这条路和之前的林子一样攀枝错节，也一样有趣。他向他们介绍黄樟和黑桦树枝的味道，以及薄荷油、蜜蜂香脂和花椒的各种香味。

"我喜欢这些味道，"兰迪说，"这半个小时里，我学到了很多东西。"

他们来到了一个空地上。

"这里就是我想给你们展示的。"马克说。

广场上，石块堆满了裸露的地面，一半掩埋在杂草丛中，中间伸着一个砖壁烟囱，里面有个壁炉，靠近烟囱，长着淡紫色的灌木丛，很高大，心形的叶子中间是枯死的枝丫。

"一所房子，"兰迪诧异地说，"在这么荒凉的地方，有一所房子，或者只是样子像个房子？"

"这是谁的？"拉什不解。

"谁知道呢，也许几年，也许五十年，也许已经上百年了，已经被烧成了碎片。"

也许五十年，也许上百年了！

在林下和散落的石头中错落着野花：白色和淡粉色的小片花朵。

"看，"兰迪喊道，"草夹竹桃！在杂草中，所有这些都变得小而又小，但仍在生长！"

"是的，淡紫色灌木丛在春天滋出芽来，"马克告诉她，"在山脚下就能闻到它的味道，漫山遍野都会开着百合花，你可以看到它们的叶子……你看，那些是苹果树，看到了吗？大多都枯死了，苹果不大，但很美味。"

在淡紫色的灌木丛中，有个哀鸽的巢，在烟囱里，由泥土制成。马克向他们俩展示了房子的入口和逃生口，这属于现在的房客——土拨鼠。还有一口井，他们从井口的石圈处向下俯视，那是一方静水，远远的，黝黑如墨水，反射着三个孩子的脑袋，周围长满了苔藓绿色厚厚的毛。拉什扔了一颗石子，几个孩子屏住呼吸，等待着。半天，才传来轻微而空洞的回应。

"这声音很特殊，"兰迪说，"就好像这是一百年以来第一颗扔进去的石子。"

马克没有告诉她，他自己早已扔了十几颗了，每次也都发出同样的声音。

"我喜欢这个地方，"兰迪说，"等苹果都熟了的时候，咱们都来这里野餐吧。"

之后，他们就往回走了。马克非常赶时间，因为差不多到了挤奶的时候，他必须在奥伦回家之前赶到，并做好其他家务。

"完美的一天，"兰迪边说边把箭头握在手里，"我们下周三能再来吗？"

"有什么不可以的！"马克发自内心地高兴。

当他们走回家时，拉什说："我觉得他人很好，你觉得呢？"

兰迪回答："在你和奥利弗以外，他是我见过的最好的男孩。他是我认识的唯一一个了解各种毒蘑菇的人。"

能回到家真好，他们感觉自己已经走了好几天了。莫娜看起来仍旧漂亮，并且她自己也知道。洗过的头发披在她肩膀上，好似一片云霞，为了留住这一刻，她穿着自己唯一的长裙，是她在春天第一次跳舞时穿的那件，头发上绑上草莓的叶子、果实和花朵。

"为什么不把根也戴上？"当大家都坐下来吃晚饭的时候，奥利弗不解地问。拉什说："今年，少女们会在头发上插水果；明年，就会是蔬菜，可能是甘蓝、布鲁塞尔芽菜花冠，或者一朵盛开的欧洲萝卜花。接下来的一年……"

但是，莫娜不会上钩，她只是笑，她清楚自己为什么把草莓别在头上，她轻轻甩头，让草莓垂在脸颊上。

兰迪傻傻地盯着莫娜看，忘记把牛奶从上唇擦掉，她多么希望在自己像莫娜这么大时，有她一半漂亮也好。如果这个愿望能够实现，那该多幸福。但在晚餐后，跟拉什、奥利弗和威利一起玩时，她又决定让上天赐予她男孩一样投掷球的力量。

晚上，兰迪回到自己房间，她看到的第一件东西就是床头灯下闪着光的箭头。她把它放在手中，想起了今天，与马克和拉什一起度过的美好一天：树林、失火的房屋、大理石采石场的泳池，还有悬崖上的燕子。她知道自己永远不会忘记。

睡觉前，兰迪感到有些不适，因为她一直在教老天如何奖励她。可是真的需要吗？老天已经给了她最好的一天。

还给了她一个箭头作为奖赏。

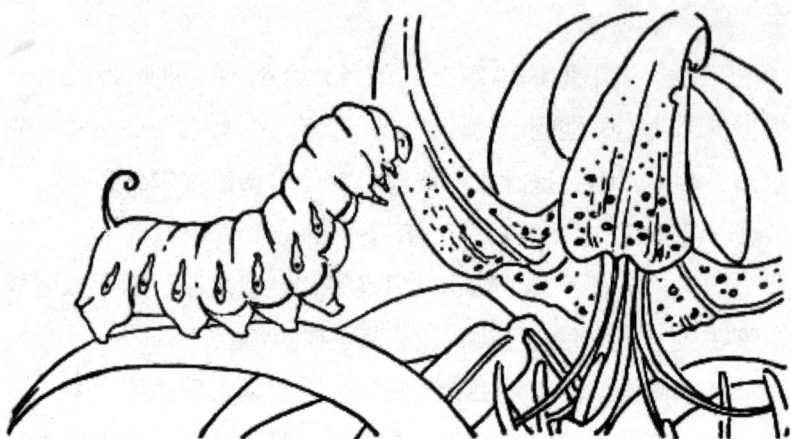

第五章　奥利弗的另一个世界

"鱼和毛毛虫。毛毛虫和鱼。他们就是奥利弗生活的全部。"周六午餐时，拉什懒洋洋地说道，"这是我们本周第三次吃鱼，所有这些都是因为奥利弗学会了钓鱼。"

"又随意，又不限量，"卡菲严肃地说，"又有营养。"

"很高兴我们吃的是鱼，而不是毛毛虫。"莫娜的话很有针对性。

奥利弗梦游似的抬起头来："你知道，你可以吃毛毛虫。非洲野人就吃，我在一本书中读到的，他们吃白蛴螬①，我想知道是否……"

"好吧，你可以不用去想象了，我的朋友，"父亲打断道，"我们不是野蛮人，至少政府不承认我们是，我们是文明

① 甲虫的卵。

的产物。感谢上苍，让我们的食物中不包括鳞翅类幼虫，至少现在还没有。当科学家发现昆虫幼虫是维生素最有价值的来源时，可能会有一天，我们会就着绿色蔬菜一起吃。"

"好恶心！"莫娜说完，打了个哆嗦，继续吃东西。

"白鲑鱼！"拉什说着，从嘴里取出一根鱼刺，他说"白鲑鱼"这个词时听起来像是在骂脏话，"白鲑鱼！白鲑鱼！白鲑鱼！整个夏天只有白鲑鱼吃，烤的、铁板的、炸的。奥利弗，能不能请你抓些鳟鱼，甚至是鳗鱼？一次就好。"

但奥利弗根本没听进去，他在想别的事情。他的下巴上沾着土豆泥，脸颊上有一小块果冻，双眼恍惚着，带着满意的光芒。

确实，在过去的一个月里，他一直在对这两个主题——毛毛虫和鱼进行仔细的研究。它们是他的热情所在。最近，昆虫拔得头筹。

奥利弗不知为什么活了这么大，之前却从没有真正关注过毛毛虫。这似乎是一个可怕的疏忽。也许是因为他以前未曾在毛毛虫如此多的地方生活过。它们存在于花园和树林中的每个角落。它们小小的、绿绿的，从树上吐着丝荡下来，有时你在头发里发现它们，或者几个小时后在衣领里发现。"毛毛虫想给你做套新衣服，在用丝丈量你呢。"威利说。当然，还有那种用丝织成丑陋小帐篷的毛毛虫，红色或黑色的，到处都是，毛茸茸的，沿着道路两侧，或者在草茎上下。奥利弗和其他任何一个孩子一样，轻拍着赶走那些毛茸茸的家伙，踩碎它们的小帐篷，从衣领中挑出一个丝线梭子时，会感觉到脊背也跟着发凉。除此之外，他从不关心毛毛虫。

然而，事情在七月中旬的一个早上发生了变化。这天，他正在家附近的灌木丛中假扮谢尔曼坦克①，他咆哮着前进，迎面碰上了一个奇怪的东西。这东西看起来像一个精致的迷你电车。它栖息在一片叶子上，用小圆脚牢牢地支着帐篷，也可能是轮子，跟电车顶部的电线一样，它的一端插着一种喇叭或天线（奥利弗认为是后端，可能是尾巴）样的东西，另一端抬起来，仿佛是一张脸。这个生物的整个身体都呈深肉桂棕色，每一个天鹅绒般的褶皱两边都排列着装饰性的奶油卷。

"呀！"奥利弗惊呼了一声，把手指伸到这奇妙的生物前面，"我从来没有见过这么大、这么好看的！过来让我看看你。"

就在这时，毛毛虫向前冲了出来，好像它能够理解每个单词一样，抬起头来，将它的前肢放在奥利弗被草叶染过的手指上。奥利弗屏住呼吸。他一生中从未如此受宠若惊。

那是他新的热情所在，之后他进行了长时间的收集。每种类型的毛毛虫都被奥利弗带回家，安置在梅森罐②、果冻罐、牛奶瓶和任何其他透明容器中，小犯人从来不反抗（当卡菲在她最好的玻璃烤盘里发现卷心菜毛虫时，她差点发作）。每个罐子里的标本都不同，奥利弗还找到大量它们爱吃的东西。

卡菲和莫娜对此严正抗议，但拉什和兰迪却是热切的支持者，甚至父亲也说："这对男孩很有好处，他可以通过观察毛毛虫学到很多促进人类进步的知识。"

卡菲不情愿地放弃了抵抗，还给罐口罩上了蚊帐，莫娜用不同颜色的毛线把蚊帐绑好。

"好了，"当她拉紧时，她对每个罐子里的虫子说，

---

① 美国一种中型坦克。

② 一种保存食物的螺旋盖瓶子。

"待着别动，等着你变成一个不那么令人恶心的蝴蝶或蛾子时再说。"

然而，不管怎样，这些生物经常以它们狡猾的方式设法逃脱，并不时引起某位家庭成员的尖叫。

"卡菲！我的帽子里有毛毛虫！"或者"奥利弗！你的一个虫子在我的梳子里造了一个茧。快来把它拿走！！！"

这时候，奥利弗通常悄悄迅速离开房子，直到风暴过去。过了一阵，家里人学会耐心地忍受与虫子们的交集，最后甚至还培养出了一种热情。奥利弗偶尔会忘记喂养他的宠物，这些小家伙就好像正在长身体的小男孩，一天内要吃九顿感恩节大餐。奥利弗早上起床的第一件事就是把罐子装满，晚上又要装满一次，而晚上的这次他总是忘记。这使得他的宠物经常会在玻璃监狱里来回踱步，或试图推开蚊帐，以扩大对食物的疯狂搜索。

"噢，看在老天的分儿上！"拉什不耐烦了，"香芹毛毛虫又把芹菜吃光了。它已经吞掉了一捆。接下来我觉得它还会吃得更多。"

或者莫娜会推开厨房的门问道："卡菲，还有卷心菜叶吗？讨厌的卷心菜毛毛虫已经没有卷心菜可吃了。"

甚至有时候，父亲会用手电筒在花园里寻找丁香叶子，给饿得发慌的毛毛虫吃。毕竟，是他鼓励了奥利弗的这个爱好。

当毛毛虫吃了几百倍于自己重量的食物后，它们开始作茧。奥利弗在每个玻璃瓶中都放了一些土或一根坚固的树枝，具体取决于这个毛毛虫是穴居还是喜欢织网。卡菲和莫娜也渐渐发现自己对虫子作茧的进展越来越感兴趣：茧非常巧妙，编织得很漂亮，有的还很可爱。例如，君主斑蝶毛毛虫设计了一种淡绿色的蜡质蛹，上面镀满了金色的细藤蔓花纹，用一根黑色的丝线挂在树枝上，就像一个中国公主的玉耳坠。

"多可爱啊！"莫娜叫道，"哦，如果有什么方法来保存它们就好了，我希望有一件淡绿色的连衣裙，从头到尾的纽扣都用这种茧制成。"

拉什有些恼怒地说："真是女人典型的想法！始终想着怎么穿衣打扮才能好看。看到闪亮的蜘蛛网，就想把它做成发带；看到大峡谷，就想把布染成配套的颜色……"

"哦，拉什，你听上去非常沉闷无趣！"莫娜喊道，"自大、古板，你的想法是五十岁人的想法。我真想引用一首诗！"

"好吧，你从来没有放过一次机会，"拉什看着莫娜，"怎么了，莎士比亚从未写过关于茧的诗吗？"

君主斑蝶的蛹的好处在于，在为期两星期的蛹期即将完成时，斑蝶钻了出来，它的色彩绚烂极了——橘红色、奶油色和黑色，似虎皮百合的花瓣，它紧紧地抓住枝条，直到翅膀变干变宽，然后奥利弗把它带到窗前，轻轻地放在一片叶子上。看着蝴蝶在阳光下摆动翅膀，奥利弗觉得自己扮演了上帝，将一个新的灵魂带入世界。

茧不断在最不该出现的地方出现。显然，一些毛毛虫成功逃脱了。卡菲抱怨在卧室踢脚线处发现了两个丝制迷你"吊床"，还有一个挂在父亲的打印机上，另一个"玉耳坠"挂在餐厅的天花板上。

"吓死人了，"她抱怨道，"想象一下，它们在房子里转悠，就好像是自己家一样，到处做窝。"

"茧或蛹，而不是窝。"奥利弗坚定地说。他其实心怀感激，因为尽管卡菲发牢骚，她并没有破坏一个虫茧。

奥利弗的夏天在美好中进行。他喜欢这一切：鱼、昆虫、泳池、树林、属于自己的自行车。试想一个男孩还有什么所求的呢？

然而，奥利弗确实有其他想法。他在上床睡觉前，会进入一个秘密世界。一个家人不知道的世界，至少卡菲不知道。这绝不是梦境。

在那些奥利弗不需要立即去睡觉的晚上，那些他确信不会被发现的时候，他会坐在床上，打开手电筒，对准窗口。效果立竿见影。

蛾子从山谷中的密林深处飞来，有数百只，它们被奥利弗窗口闪耀的眼睛迷住了，被灯光吸引，仿佛附着在无形的线上被拉过来，又像一片片乌云压境。除了飞蛾，还有各种甲虫，以及能爬过纱窗网格的很小的蚊子。不过奥利弗并不在乎，他心不在焉地拍打着，目不转睛地盯着飞蛾。他对飞蛾从不厌倦，它们模样非常漂亮，翅膀带有图案，穿着翻毛小皮夹克，眼睛空洞而幽暗。这些小生物在纱窗上下走动，小腿颤抖着。有些被撞倒后掉下来，还有一些从阴影中慢慢升起，像慵懒的五彩纸屑或黑暗中掉落的花瓣，飘飘荡荡。现在，奥利弗的房间里只能听到一种声音：低沉，沙沙作响，这是数百个小而柔软的翅膀在扑扇。

奥利弗坐着不时喃喃自语，告诉自己他知道的那些名字："有一只维尔京虎蛾[①]，"他肯定地说，"这有一只不错的斯芬克斯蛾[②]，非常好，"或者，"哦，天哪，这只豹蠹蛾[③]很漂

① 一种灯蛾科飞蛾。
② 天蛾科。
③ 蠹蛾科的一种大型蛾子。

亮。"当一个有趣的蛾子出现他又不认识时,他会下床去翻找飞蛾方面的书籍。正因为有了这些夜间科学研究,奥利弗睡得很少。

有时会出现一只大天蛾,紧贴着纱窗,它眼睛很小,闪着凶狠的火焰,触角像流苏天线,或者小蕨菜抑或是羽毛。它的翅膀振动频率很高,响起一阵阵嗡嗡声。它炽热地爱上了光明,盯着它,渴望靠近它。奥利弗想知道——光亮对它们来说到底意味着什么?

有时会出现一只大甲虫,它低鸣着搞破坏,反复将自己摔到纱窗上,撞到窗台上,然后仰躺在那里,大概二十分钟后,拼命用腿蹬踹空气。奥利弗之前从未见过。

"好傻,"奥利弗鄙夷地对它说,"弄出这么大的声响,也没有任何用处。"

窗外还暗藏危险。突然间,一只蝙蝠野蛮而迅速地从远处飞来。一秒钟之内,奥利弗就清楚地看到它的小鼻子和老鼠样的耳朵,它在追击大型飞蛾。每当奥利弗看到它时,他都会心跳加速。现在,对奥利弗来说,窗外的景象已经变得巨大。飞蛾成了大型动物,抑或是人,或者来自另一个世界的神奇生物;而蝙蝠不再是蝙蝠,而是魔鬼,或者隐匿在普通人中的食人魔,或者是丛林中的黑豹。奥利弗看着看着,仿佛自己也变得如蛾子般大小了——当蝙蝠出现时,他也感到恐惧。他兴奋、战栗着,手电筒将窗外的所有活动都戏剧般地放大了。

一天晚上,他关掉手电筒躺下睡觉,刚开始做梦,忽然听到一个声音,起初他睡得正香,很不情愿被打扰。声音遥远,持续而温柔。最后他睁开眼睛,专心听着。声音如天鹅绒般柔软,听上去好像屋檐上有一只毛毡拖鞋在轻轻拍打。"一只飞蛾，个儿很大！"奥利弗立刻坐起来，就像猎手对任何猎物都很感兴趣一样。他将手电筒打开，指向窗户。瞬间，纱窗上睡着的小昆虫都醒来了，开始忙不迭地上下飞舞，不停地寻找入口。"啪啪！"神秘的昆虫轻触房檐。奥利弗将灯光靠近纱窗，希望引诱它出现。很快，他得偿所愿了。

如此美丽的生物从黑暗中来，奥利弗见到它时几乎不敢呼吸。那是一只飞蛾。但与其他的飞蛾不同，它的翅膀像两只手一样宽，又像花瓣一样脆弱，颜色惨白却带着一丝莹绿——一种月光绿。

"哎，"奥利弗坐在那里凝视着飞蛾，低声说，"月形天蚕蛾①！我从来没有想过我会看到一个真正的月形天蚕蛾！"

它靠近纱窗，停在那里。两翅分别垂着长长的弯曲的尾巴，身体和腿上布满细腻的白色绒毛。奥利弗认为他从未见过如此完美的生物。他和蛾彼此凝视了很久，谁都没有移动。

突然，黑暗中的恶魔急速赶来，是蝙蝠！奥利弗跳起来，拍手叫喊。

"走开！蝙蝠！你走开！"

随着一声似蜡烛火焰般的颤动，蝙蝠离去了。但奥利弗知道它还会回来。他用手指轻轻拍打着粘住飞蛾的纱窗。

"快走吧，露娜②，"他对它说，"快走吧，回到那黑豹无法接近你的丛林。"

蛾子不情愿地飞离纱窗，看似困惑。奥利弗熄灭了灯光，以便它能够返回自己所属的地方：回到那神秘而郁郁葱葱的林间。

---

① 分布于北美洲的最大的一种蛾类，天蚕蛾科，翅展约15厘米。
② 英文音译，"月亮"的意思。

新兄弟

"啪啪！"屋檐下的小毛毡拖鞋离开了，一切又归于寂静。奥利弗看向外面，仿佛见到苍白的小生物飘回树林，在黑暗汇成的潮汐中漂流，就像池塘中的一朵花。

突然一个声音和着一束光进入房间，奥利弗顿感内疚。

"奥利弗·梅伦迪！"卡菲没有牙齿的声音听起来很奇怪，"你在做什么？刚才是你在拍手叫喊吗？"

"是我。"奥利弗承认，爬回床上，把床单拉过来，无数只细小的虫子正穿过纱窗网眼爬进来。奥利弗说："我只是吓跑了一只黑豹。"

"黑豹！"卡菲讪笑道，"你甜甜圈吃多了，小伙子，明天还是喝点镁乳①吧。"

甚至连要喝镁乳的想法也没有减少奥利弗对最后胜利的喜悦。他没有像往常一样抱怨，而是向卡菲微微一笑："好吧，谢谢您，晚安。"卡菲带着困惑的表情离开了房间。

在那之后的很长一段时间，每当他想到月形天蚕蛾时，内心都充满了喜悦。他小心翼翼地让自己不去想太多。隔一段时间，他才会努力回想，让它在自己眼前重现：那是他美丽的客人、他的新发现、他的秘密。它不仅仅是一只飞蛾，它在他的窗前停了下来——罕见的月光银绿色，那么脆弱，那么完美，那么鲜活。这些想法总能让奥利弗再开心一次。

这就是他那天午餐时想起的事情，他的下巴上有马铃薯泥，脸颊上有果冻的痕迹，还有他眼中藏着的令人不解的满足感。

---

① 一种泻药。

第六章　香茅的威力

　　一天，拉什自己去找马克。兰迪无法一同去，因为她不得不去布拉克斯顿看牙医，走时又生气又失望。她坚持：拉什不应该撇下她，一个人去看马克。他应该待在家里。

　　但拉什可不这么想。他只有半天时间与马克在一起，因为上午都浪费在了修草坪上。

　　埃塞克也想去，但拉什不同意："米克的狗会把你做成汉堡包！你待在家里。好孩子，埃塞克，你这耷拉耳朵的好伙伴。"但埃塞克无法平息。它咬着嘴边的肉，这是它生闷气的样子，用失望的眼神望着拉什。它决定独自离开，给他们瞧瞧。约翰·多伊（和威利更亲近）试图阻止它，但无果，埃塞克自己跑进树林去撒野。

　　拉什骑着车呼啸而过。这次他在车把手上提着一个水桶和野餐篮子。

　　"我知道哪里有大个儿的黑莓，"马克说道，"只能穿长裤，因为，天哪，它们太扎得慌了。"

　　拉什穿着蓝色牛仔裤和厚重的鞋子，马克也是。但是那天太热了，他们把脱下的衬衫留在了农场樱桃树下的野餐篮子旁。

"看，"拉什骄傲地说，"我带了一些香茅。"

"香茅是什么？"

"防蚊的东西。你闻闻。"

"呸呸，我宁可被蚊子叮。"

"哦，不，你不会喜欢被叮咬的。你会一点点习惯它的，真的很有用。"

两个男孩都厚厚地涂了一层香茅。

整个下午都进展顺利。马克带拉什来到新的森林里，他似乎对这个林子也了如指掌。黑莓几乎和他所说的一样大。两个男孩在荆棘丛中逗留了很久，从枝条上摘下多汁的浆果，尽可能地多吃。高处的树枝和着夏日的风吹过，树林里影影绰绰地漂浮着光影。橡树根之间有青绿色的苔藓垫子；马克发现一只树蟾蜍正抱着桦树的树皮，拉什发现了一块像他的头一样大的马勃①。啄木鸟在死木头上敲来敲去，不远处有乌鸦嘎嘎嘎地叫，听起来古老而聒噪。拉什觉得自己离文明世界千里之遥，他喜欢这种感觉。

"假装这里是瓜达尔卡纳尔岛②，"他说，"那些乌鸦是日本人。他们的营地在别处。当然，我们是海军陆战队员。我们没有通讯工具，我们完全依靠自己。志愿者的工作风险很大。我们必须找到日本人的营地，并监视他们。你懂日语，你告诉我他们在说什么，我会以速记的方式记下来。"

马克一时懵了。"需要仔细再仔细，"他认真地嘟囔着，

---

① 一种大型真菌。

② 南太平洋所罗门群岛的一个岛，曾发生了重要的"瓜岛战役"，这里是盟军与日本军队在二战太平洋战争时的运输航线必经之路和战略要地。

"他们可能在很多地方都布了哨兵。"

"是的，可能还有很多诡雷，你知道他们很狡猾，一定不要低估他们。"

"我们也没有食物和水。我们必须吃这些浆果。这不是黑莓，这是，这是……"

"维克哈瓦肯树①的果实。它叫'东方树'。我们能够找到它们很幸运。"

那之后，黑莓就有了非凡的味道。他们不停往嘴里塞，两个人的嘴边都染上了紫色。

"你是杰斐逊，我是麦克布莱德，"拉什说，"现在安静，杰斐逊，我们正在慢慢靠近。"

"躺下，麦克布莱德！不要抬头！"

他们用尽自己的力量狠狠地甩了甩手，杰斐逊用正常音量喊了一声："哎呀！"

"嘘，"麦克布莱德制止他，说，"看吧，他在那！"一只鹰在天上懒洋洋地掠过。

"有什么东西在靠近，杰斐逊，我们需要小心点。"

他们匍匐前进，敌人的声音变得更加清晰。两个男孩专注于游戏，尽量不发出声响，以至于一只受惊吓的松鸡挡在了他们面前，也把两个孩子吓了一跳。

他们来到一片空地，趴在一片淡褐色灌木丛下，发现自己正低头俯视着山谷里的一个农场。农场矗立在玉米地之间，就像海上的一座孤岛，而敌人就在田地上徘徊。

"好吧，杰斐逊，让我们来听听吧。"

在接下来的十五分钟里，杰斐逊用低沉而紧张的耳语将乌

① 杜撰的一种树。

鸦的叫声解释给麦克布莱德，麦克布莱德用榛树枝把信息写在手上，表情严肃。

最后，麦克布莱德带着一种奇怪而安静的微笑站了起来。

"去吧，杰斐逊，把这个消息带回给指挥官。我相信关于增援的消息可能会对他有用。再见了，老伙计。"

"为什么？到底为什么，你不跟着一起来吗？"

麦克布莱德摇了摇头，微微一笑："我中枪了，朋友。"他说完就死了。非常巧妙，像电影中曲折的情节。

马克很欣赏："哎呀，我永远不会想到这一点。你演得很好！"

拉什把赞美抛到一边："我饿了，你饿吗？野餐篮子在农场，还有很远的路。"

"我必须先挤牛奶。来吧，你帮助我进入牛群，我会教你。"

"什么，我还以为就像打开水龙头一样简单，"拉什惊讶地说，"不需要额外做什么，只是简单的手腕一转。"

"每个人都这么认为，但他们真正尝试的时候则不然。"

马克拍了拍那头黑瘦的奶牛，然后拿起水桶。

接下来他们喂猪、捡鸡蛋，完成马克在宝贵的星期三离开前需要做的十几件杂活儿。当他们爬到山丘上那棵樱桃树边时，太阳已经落下了，他们饿坏了。他们吃东西时没有说话，只是坐在那里，大口咀嚼，看着太阳下山。太阳落下后，光亮一直存续了很长时间，西部的天空泛着一滩金黄。燕子飞到空中，翅膀像剪刀一样锐利，燕子离开前，蝙蝠也开始飞翔。起初很难分辨燕子和蝙蝠，它们都是一飞冲天，并且以相同的速度呈之字形回转的。

"特技飞行，"拉什说，"那蝙蝠只是做了一个完美的殷麦曼翻转①。"

"什么是殷麦曼翻转？"

"我觉得就是翻一圈，再翻一圈。"拉什回答说，他真的不确定，但是喜欢"殷麦曼"这个词的发音。

两个男孩躺在山坡上，吃饱了食物，内心感到平和。山谷中，农场的沉默被鸭子的叫声淹没。不时有一只米克的狗大叫——它们的声音深沉而空洞，听起来好像是在地窖里狂吠。天空渐渐布满了繁星。

"看，"马克神秘地说，"我预测在五分钟内你会看到一颗流星。在半小时之前，你会看到至少二十到二十五个。"

拉什笑了起来："但愿你早就下好了订单。"

"别担心，"马克仍然很神秘，"我向你保证！只要继续观看，你会看到的。"

拉什慵懒地盯着天空和那数千个光点。突然间，它们中的一个在黑暗中飞驰而过，像萤火虫一样闪闪发光，但也许它更希望自己是一只鸟，而不是一只虫子。

拉什突然坐起来："快许愿！"

马克微笑："躺下，继续看。"

随即就出现了第二颗、第三颗，拉什顿感一阵蹊跷。

"现在只是偶然，你的秘诀是什么？"

"当你数到二十五时，我会告诉你。"

"这件事很邪。"拉什嚷道。在三十分钟之内，他们已经看到了二十五次流星。

"好了，说吧。"

---

① 德国飞行员殷麦曼创造的一种飞行特技动作。

"好吧，我真不想告诉你。有那么一会儿，我几乎认为是我在导演这个'节目'。但是，只是因为今天是八月十一号。"

拉什还是很迷惑。

"我不明白。"

"你没听说过'英仙座'吗？"

"不，那是什么？"

"就是你刚刚见过的流星。每到八月，天空就满是英仙座流星，特别是在八月十号左右。有的晚上，我能够看到一百多个。"

"我从没了解过。看，还有一个！"

"十一月中旬，还会有很多流星，来自狮子座，但不知为什么，我总是想不起来去看。"

"啧啧，我从你身上学到的比我在学校一整年学到的还要多！"拉什说道，马克听到这些赞美的话很高兴。

"我也从你那里学到了很多东西。"他说。其实他想说的是：你让我知道拥有一个朋友是什么感觉。但当然他没有说，因为他害怕这话听起来很蠢。

马克对各种星座很了解。他向拉什（除了北斗七星之外什么都不知道）展示了仙后座和天蝎座的排列。他们一起在洒满星光的草地上徘徊了很长一段时间。

拉什先一步回到了现实生活中。

"我最好回去……"

"怎么啦，为什么？"

"我不想让你有麻烦。奥伦不会希望在这里见到我，"拉什说，并坦率地补充道，"我也不希望见到他。"

"他星期三晚上会回家很晚，真的。"马克突然坐起来，"你想知道为什么吗？我可以告诉你。来吧，拉什。只要你保证永远不要告诉任何人。"

"我保证，"拉什的好奇心获胜了，像往常一样，"告诉我吧。"

"不，我会展现给你看。来吧。"

"在哪里？"

"在山上的树林里。"

"好吧，但我们需要再涂些香茅。蚊子已经找上我们了。"

他们再次爬到栅栏下，穿过牧场，传来一股薄荷油味。前面的树林漆黑一片。

"奥伦在晚上的树林里做什么？"拉什把心中的疑问说了出来，"他可能在猎负鼠，可是这附近根本没有负鼠；他可能会采集蛾子标本，但这不太可能；他可能正在制造假机器（这个更有可能），或者藏匿赃款，或者等待仇人（他可能有相当多的仇人），或者……"

"都不是，"马克说，"不过，的确是违法的！"

两个孩子来到了树林里，爬过低矮的植物，拉什跟在马克的后面，拉什不知道他是如何轻松找到路的。密林中似乎充满了各种各样的存在：低吟，呜咽，脚下一根根抽打的枝条，耳边不时响起的呼吸声，仿佛有什么看不见的东西匆匆而过。

"好吓人。"拉什低声说道，又轻轻地笑起来，掩饰他的战栗。

"是吗？我也觉得很吓人。只是我来过这树林很多次了，我对这里就像对我自家后院一样了解，并且我也很喜欢这。"

他们慢慢前行，枝条打在拉什的脸上，飞蛾扑过他的耳朵，他嘴里吃了一大堆蜘蛛网。远远还能听到猫头鹰柔和而奇怪的叫声。

"那是什么？"拉什突然喊叫起来，停下脚步，抓住马克。

在他们的前方，有什么东西一动不动，挡住了他们的去路，又大又低，闪着冷酷神秘的光。拉什确信他终究还是看到了鬼，他真实地感觉到头发立了起来。

但马克笑了。

"那是鬼火，"他说，"这只是一个枯死的树桩。有时候枯木在潮湿时会这样，这是磷光。看！"他砍掉一块腐烂的木头并举起来，"当你触摸它时，它会一直闪闪发光。"

拉什把它放在掌心，这是不发热的弱弱的女巫之光。

"我在夏天的夜晚见过海中的磷光，"他说，"像水做的线一样，星星点点，但我从来不懂它的道理。我觉得兰迪会喜欢的。"

"我们会给她看的。现在咱们保持安静，我们离他们不远。你必须得保持安静。如果他们抓到我们，不会让我们活着走。"

拉什感到了恐惧和好奇的完美融合：两成的恐惧，八成的好奇。他像印第安人一样蹲下，踮着脚，走路时几乎不去呼吸。

几分钟后，他们可以闻到烟味，听见人说话的声音和笑声。

"现在放松些。"马克低声说着，把一只手放在拉什的手臂上。

他们一寸一寸地向前走。一道光从树叶间喷出，显得变化莫测。

拉什将脚踩在一个死树枝上，摔倒在地。

两个男孩一动也不敢动，甚至能听到自己的心跳，而黑暗中似乎升起了上千个微小的光亮。

在漫长的一秒钟之后，马克慢慢呼出一口气。

"他们没有注意到。咱们趴下吧。"

两个男孩小心翼翼地趴在地上。

"像毛毛虫一样前进，"马克说，"跟紧我。"

他们一点一点地向灯光处爬行。一路上布满荆棘，很不舒服。叶子进入拉什的眼睛、鼻子和嘴巴。他不停地吐出蜘蛛网、树枝和其他异物。他的肚子被无情地划伤了，一只手碰到了一个腐烂潮湿的毒蘑菇上，引起了一阵恐怖的战栗。

很快，拉什意识到马克已经停止爬行，趴在他前面，灯光和声音现在已经离得非常近了，拉什一点点爬到了马克身边。

几个男人躺在小悬崖边，俯视着一个凹陷处（也许是另一个废弃的采石场）。流水叮咚响着，掩盖两个男孩的山毛榉叶子和蕨类植物对拉什来说似乎太稀疏了。

"他们在做什么？那是什么？"他对马克悄悄耳语。

"这是泉水，"马克回答，"是制作饮料用的，他们在制作玉米威士忌。这是违法的。"

"他们为什么自己制作威士忌呢？为什么不去买？"

"因为这花不了什么钱，甚至比办理许可证的价格还便宜。这就是原因。"

在凹陷处，一个奇怪模样的物体在燃烧，它似乎是一个萝卜形的容器，呈圆形，顶部有金属线卷，线圈连接着一个大桶。人们围坐在这个怪异的装置周围。有五个人，拉什数着。两个坐在原木上，两个坐在地上。奥伦站在泉水旁边，火光照在他的刀条脸上。其他人中，有两个是大胡子、头发稍长的大个子；一个瘦弱的男人，下巴很短；还有一个胖男人，长着斯蒂尔顿奶酪①一样的惨白色圆脸。他们正在传递一个大桶，里面好像是醋。但是，每个人都倾斜大桶并喝得津津有味，很明显，里面不是醋。

"大胡子的是谁？"拉什低声问。

"迪莱西两兄弟，塞德里克和菲茨罗伊。他们住在林子里，常人很难到达。他们在那里有个小屋，他们钓鱼、打猎、设置陷阱，活得像两头熊。他们很少去迦太基，差不多一年两次……"

"可能他们连自己的名字都快忘记了，"拉什说，"那个胖子是谁？"

"那是瓦尔德马尔·克劳先生，是一个真正的受过教育的人，但他很坏，奥伦也这样说。他好像在很久以前杀了一个人，但是没有证据；迦太基银行五年前遭到抢劫，人们认为他是抢劫犯之一，但谁也证明不了。除了奥伦和迪莱西兄弟，所有人都害怕他。他从没在一个地方工作很长时间。"

拉什觉得这是个极其恐怖的人，是他见过的第一个真正的坏人。就算奥伦也不是罪犯。

"瘦高个子是谁？"

"约翰尼·科腾，他干些割草之类的零工。他的脑子不大好，但是，如果银行的业务太多时，他们会给约翰尼打电话，任何与数字有关的事情对他来说都是小菜一碟，比计算器还好

---

① 世界三大蓝纹奶酪之一。

用。约翰尼没有恶意，他只是有点傻。"

"这群人凑在了一起！"拉什说，"真希望卡菲能看看现在的我。"

胖子好像刚刚开了个玩笑，男人们立刻大笑起来。大胡子不停地拍打着膝盖，大声叫着，就像巨熊粗野的嚎叫。约翰尼笑得很傻，甚至奥伦的嘴巴也斜了一下。

"嗯，这是一个老笑话了，"胖子说，"但我敢说这对你来说是新的。毕竟，你们不总能听到笑话，是吧？甚至你们都没有任何娱乐。对迪莱西兄弟来说，跟你们打交道的是土拨鼠、臭鼬和松鼠，给你们讲笑话显然我得不到任何好处，约翰尼永远记不住任何故事，而你，奥伦，你的社交生活局限在农场的牲畜身上。你应该多走走看看。"

"好吧，我会的！"奥伦出乎意料地说，放下了醋罐，显然他没少喝，"我要把农场卖掉，我受够了。可能卖不了多少钱，但足够让我离开这里。然后我会重新开始。我会找一个薪水不错的安防工作，或者跟人合伙在加利福尼亚州开垦一个水果农场。"

"你打算怎么处理那个孩子？"约翰尼问，"带他走？"

"带他走？！他除了是我的负担，什么也不是。如果他不能照顾自己，我会让县里照顾他。那些社会福利方面的人一直在念叨。现在让他们带走吧，让那孩子拖累他们去吧！"

拉什把手放在马克的肩膀上，轻声叹道："天哪！"

"政府部门可能会插手，"那胖子说，他的口气好像自己就是政府部门的权威，"他们很难会让你轻松地走掉。"

奥伦微微咧嘴："有没有听说过改名换姓的家伙？我已经选好了新名字，而且我还有个优势，就是长了张大众脸，在人群中根本找不到我，有很多跟我长得很像的人。"

"不会去看你第二眼的那种。"迪莱西兄弟中的一个说，在奥伦皱起眉头的时候他却欢快地在空中打了个响指。

"你确实长得很不起眼，"胖子说，"好吧，奥伦，希望你成功，我崇拜个人自由。"

"你？怎么会？"另一位迪莱西兄弟诧异地说道。胖子没理他。

他说："那男孩叫什么名字？"

"马克·赫伦。他不是我的孩子。"

"对，马克。我需要有个勤快的男孩帮我干活儿。我的每个帮佣都待不满一个星期，这样一个无法照顾自己的小男孩，除了不需要付薪水，对于我来说还是个慈善行为，怎么说都是有百利而无一害。"

"反正我没问题。"奥伦冷漠地说，然后又躬下身子喝酒。

拉什看着马克，马克的眼睛被火光映着，有晶莹的东西在闪光，是悲伤或愤怒，或两者兼有。

"我才不需要他！我不会让他这样对我！我会先跑掉！"马克恨恨地低声说。

"对，你来跟我们一起生活吧。"

"我猜你父亲不会同意的。不管怎么样，还是谢谢你。我很庆幸今晚来这里。我就知道奥伦藏着什么鬼点子。"

迪莱西两兄弟中的一个忽然提起鼻子嗅着："我闻到一股奇怪的味道。你知道是什么吗，菲茨罗伊？"

菲茨罗伊也提起了鼻子努力嗅着。

"你们俩的鼻子像野生动物一样灵，"胖子说，"来，再喝一杯。"

"我也闻到了，"约翰尼用他沙哑的声音喊道，"是香茅，绝对是！防蚊用的。谁涂了？我是没有。"

"就像涂香水一样，"一个迪莱西兄弟哼了一声，"是你，不是吗？"

胖子摇了摇头道："蚊子不咬我，可能因为我的皮像柠檬一样，是苦的。"

"也不是奥伦，是从上风来的，"迪莱西哥哥说道，笨拙地站了起来，"这味道浓得能把你熏晕。带上灯笼，菲茨罗伊。"

在拉什吓得从绝望的边缘爬起来之前，他看到一个迪莱西兄弟手里抄着一支猎枪。

"快！"马克低声说。

子弹出膛，声音大得吓人。两个孩子像受惊的鹿一样，在丛林中猫腰快跑。紧随其后的是大声叫嚷和几发没有目标的射击。但不久之后，喧闹停止了，马克也放慢了速度。

"我的老天！"拉什说，"我的老天爷啊！我这辈子都没有被枪打过！"

"哦，他们可能只是在开空枪，想把我们吓跑，"马克说，"我很高兴他们看不到我们。"

"我们距离牛仔就差一顶宽边帽子和一匹好马，嘿吼，闪电①！"拉什说，"我的天哪，经历过这个以后，我还有什么好怕的呢！如果他们抓到我们，会怎么做？"

"我们不要猜测了。他们不知道是我们。他们永远猜不到会是你，因为他们不知道我认识你，而奥伦也不知道我知道

---

① 通常是马的名字。

他的秘密据点。只是一会儿我们要去小溪里洗干净身上的香茅味。"

"你会怎么做？我是说奥伦说的那些？"

"我不知道。但我不会留在县里，我不会为胖子工作。你觉得我能活到十八岁吗？"

拉什差点笑了起来："好吧，我猜够呛。"

"我希望我能。我想加入海军陆战队。"

"做你这个年龄该做的事，马克，无论如何，你才十三岁。但你不要担心，等我父亲从华盛顿回来时，我会问他。他什么都懂。"

马克叹了口气："在奥伦计划离开时，我就会知道他的决定。"

小溪黑暗而冰凉，但拉什已经疲惫不堪而懒得洗澡。他躺在堤岸的薄荷丛中，深深呼吸，让夜晚、薄荷香气和清新的水声冲走他所看到和听到的丑陋。马克在溪水里使劲擦着自己，但他并不享受，他很担心。

"哎，真希望我知道该何去何从。"

"一切都会好的。"拉什说。他真心为马克感到难过，但他知道父亲一定会想出一个办法，"如果我父亲不能马上回来，我会写信给他。"

马克从小溪出来并穿上衣服，拉什已经快睡着了。

"我身上没有香茅味道了，"马克说，"我连头发都洗了！"几秒钟后，他说，"我刚刚被蚊子叮了一口，所以味道已经都没了。哎呀，从来没有想过被蚊子叮还能这样高兴。"

拉什回家太晚，卡菲责怪了他，并让他直接睡觉去了。在灯光熄灭之后，她甚至打开拉什的房门，又斥责了他两次。

　　埃塞克比拉什回来得还要迟，很明显，白天它和一个臭鼬发生了争执，而臭鼬赢了。

　　"出去！出去！"莫娜捏着鼻子大叫着，"太臭了！"

　　把埃塞克洗干净是拉什推卸不掉的责任，他用了很多方法，浇花软管、各种肥皂、刷子和一瓶科隆香水（莫娜的），花了他整整一上午的时间。最后卡菲还是声称拉什把气味转移给了她，把他的午餐从厨房窗户递了出来，拉什只能在室外吃午餐。之后，拉什又用软管给自己洗了个澡，大家都不让他使用泳池。

　　晚上，拉什在皮肤奇痒中醒来，第二天早上，他发现自己是被毒藤子蜇了。他想知道马克是否也有这样的症状，但他更希望没有，是那条小溪让他得了救。

　　卡菲边用指甲刷和棕色肥皂帮拉什擦洗，边说："我无法理解，为什么在你的胸脯和肚子这里起了这么多疹子。"

　　但是，拉什记得黑暗树林里短暂而不愉快的经历，只有他知道为什么。他深深叹了口气，这是一位需要保守秘密的勇士的叹息。

第七章　十二磅重的鲶鱼

　　"最好的虫子在旧猪舍那边，"提图斯先生说完，朝那个方向走去，"那儿的土壤很肥，虫子最喜欢了，就是那些夜钓诱饵。我在夜钓时钓起来很多大个儿的蓝色太阳鱼①。"

　　他的围裙被牵牛花藤蔓钩住了。

　　"他们可以高谈阔论那些他们的好钓具，带羽毛的什么的，我都不懂。但是我只要最好的活饵。"

　　奥利弗在他身后来回兜着圈子，衷心表示同意。

　　他同意提图斯先生所做和所说的一切。作为一名渔夫、讲故事的人、蛋糕师和全能人士，奥利弗发现提图斯先生说得很对。自从拉什准许奥利弗一块去钓鱼之后，奥利弗抓住一切机会去见提图斯先生。他甚至像提图斯先生一样，在迦太基干

① 美国密西西比河等流域中的一种鱼。

货糖果店买了一顶草帽，草帽的前端有一个绿色的透明天窗，在他的脸上投下了一道亮光。唯一的问题就是，它看起来太新了，奥利弗不时踩踩它，让它在灰尘中翻滚，捏着草帽边缘捡起来时，就会让它变得乱七八糟，在短时间内，就完成了让草帽变旧的转变，使它看起来和偶像的草帽一样饱经沧桑。

提图斯先生十分珍视和奥利弗的友谊。他用丰富的夜钓诱饵和大理石蛋糕，以及全天在阿博特沼泽的游历来培养这段友谊，他们或者去斯阔大坝，或者去他知道的许多小池塘或小溪。

"就是这里了！"提图斯先生用鞋尖在深色的猪舍土地上画出一个圈，"这是泥铲，奥利弗。我又老又胖，弯不下腰。你把它们挖出来，然后我告诉你哪些是。我可是专攻虫子的大师。"

他说的没错。在很短的时间内，他们就装满了一个全是活诱饵的梅森罐。

接下来，他们拿起午餐篮子（一件重要物品），拎着渔竿，戴着一模一样的草帽，沿着尘土飞扬的路，向沼泽走去。奥利弗甚至学着提图斯先生走路的样子，一摇一摆。

路两边是盛开的豚草，有五英尺高。

"对花粉症患者不好，"提图斯先生说，"我姐夫对花粉过敏得厉害。他声称唯一的治疗方法就是去纽约市这样的大城市，一整天都在地铁里穿梭。即使如此，他也并不能避免过敏。为什么呢，因为很多人会捧着漂亮的鲜花走亲访友。他说，应该制定一项法律……来，让我们看看，你在这篱笆下面挖，奥利弗，然后我迈过去，在那边的老柳树下面，我们应该可以找到一个有蓝太阳鱼的池子。"

接下来的几个小时对他们来说都是平和却有收获的时间。

老柳树沿着堤岸像一条长了鳞的龙一样躺在池子上面，很多银色的枝丫拱起来。它古老而盘根错节，腐烂的树枝和萎缩的根茎在空中张牙舞爪，那里的皮革真菌好似在站岗，黑色的苔藓长得像粗糙的皮毛。但树的其余部分仍然活着，柔软，巨大，成千上万的叶子在轻微的风中律动。

提图斯先生说："这可真是一棵古老的树。它的样子自我小时候起几乎没变过，我名字的首字母应该还刻在树的什么地方。"

提图斯先生任由哈姆本去探索。不时传来树皮的一声闷响或远处的一阵窸窣声，随后，提图斯先生舒心地笑了起来。

"哈姆本是个好猎手，每次都满载而归，几英里内的土拨鼠都熟悉那条狗。'哈姆本来了，'它们互相警告，'我们不需要担心什么。放松就好，伙伴们，咱们找点乐子。'好在哈姆本并不知道这个玩笑跟它有关。"

他们都不说话了。在奶油色的水池表面，豉甲和水蚊子都专注于它们令人抓狂的旋转；青蛙一个个露头，坐在岸边无所事事，眼睛里闪烁着金色的光亮，前趾不停地改变位置。

提图斯先生和奥利弗并排坐在绿色的阴影中，把渔竿放在膝盖上，从他们一模一样的帽子下仔细地望出去。两人身上都涂了厚厚一层香茅，每一只靠近的蚊子都立即沮丧地哀鸣而去。除了香茅的味道，他们身上还混合了薄荷和牧草的气味。在上游或下游，时不时有什么东西掉进沼泽——可能是乌龟，也许是一只大青蛙，或许是条蛇；蜻蜓停在静止的水面上，像绿松石做成的针；啄木鸟敲击着高处死去的柳枝；对面岸上开满了凤仙花和兰草。

提图斯先生叹了口气：

"我是否曾经给你讲过我抓到大鲶鱼的事情？"

"不，您没讲过。"奥利弗的回答在提图斯先生预期之中。到目前为止，他已对提图斯先生的路数熟悉了，他知道他要讲大鱼的故事，说："请给我讲讲。"

"事情是这样的，很久很久以前的一天，我还和你年纪相仿，或者稍微年长一点，我在星期天去钓鱼。是的，没错，我在星期天①去钓鱼，更重要的是，我从教堂跑出去钓鱼。在那时，这还是一件罪过的事情，我想现在仍然是。问题是，那天的主日学校里，我们一直在学习约拿、上帝预备用一条大鱼吞灭约拿，以及他在鱼腹中如何度过三天三夜。我越是琢磨那条大鱼，就越无法不去想阿博特沼泽中那条躺在某处等待我的大鲶鱼。我想啊想啊，直到再也忍受不了，然后等课程结束人们准备带我去做礼拜前，我一眨眼的工夫就跑了。马车在前面排列得很整齐，尖塔上的钟声一遍遍响起，女士们穿着最好的衣服，露着虔诚的笑容。我在马石槽那里躲了一会儿，直到我被咬了一口！"

提图斯先生兴致勃勃地从钩子上取下一条小小的红鲈。

"这是我明天的早餐，"他满意地说道，"卷在玉米面粉里，就着培根、饼干和咖啡。刚才讲到哪了？"

"躲在马石槽后面。"奥利弗提示。

"对了。我只是待在那里，直到风琴开始奏乐（风琴总是先奏出一种咕噜声，然后是一种慢慢远去的叹息声，接着通过音乐你可以听到脚踏板的砰砰响声，就像有人上楼一样），然后是人们大声的吟唱，我就开始跑。我周日的好鞋子踩在草地上，沾上了一些恶心的东西，因为我习惯于赤脚走路。当我跑

---

① 西方传统宗教中，星期天是礼拜日，信徒需要去教堂做礼拜。

时，我可以听到歌声停止，人们清嗓子的声音，紧接着传教士科恩豪瑟先生（他的声音很好听）开始讲道。他在讲台上大声呼喊：'记得安息日，让它保持圣洁'——我觉得那字字句句都是在说我，但我没有停止奔跑。

"我回到家，马上从谷仓偷偷地找到我的钓具和诱饵。我不敢靠近房子，因为艾菲阿姨和我奶奶正在那里准备晚餐。今晚传教士要来家里吃晚饭，她们正在准备一些特别的菜肴。即使是传教士要来拜访的事情也没有阻止我的叛逆。我穿过牧场，径直走到阿博特沼泽，靠近入河口的地方，我有一种感觉，我一定会捉到那条鱼。我猜这是人们所谓的预感。

"我当时非常兴奋，甚至我礼拜用的好鞋子都没有来得及脱。我走到泥泞的沼泽口处，穿着我最好的西装和鞋子站在那里，把最多汁的夜钓诱饵穿在钩子上，把渔竿甩出去等待。我发誓我的心就在嗓子眼里，我别的都不在意，只知道我要抓到那条鲶鱼。

"那个又老又肥的家伙正躲在水底等待晚餐。我看不到它，但我知道它就在那。小青蛙坐在岸边，眨了眨眼睛，鼓了鼓腮帮子，它们都不知道这是所谓的星期天。小鸟儿、红翼黑鸟和啄木鸟在树枝上飞来飞去地忙碌着，它们啄食、喧哗，也不知道今天是星期天。连蚊子也不知道。

"我一直跟自己说，星期天只是一周中的一天，最后自己也相信了，只是有些良心不安。我的良知正在某处坐着，它知道这是星期天，并且在审判我。但是我设法离它远些。

"那是一个美好的早晨，天空清澈明亮。阳光下炎热，阴影处凉爽，纺织娘在树上聒噪极了。我站在那里待了一个小时，也许是两个小时，除了一些浮萍和水芹外，什么都没有抓到。我开始感到饿了。我越是饿，就越是接近良知。'你早想什么来着，'我的良知说，'你应该知道，在你跑出教堂之后，就没有食物可吃。'

"然后，幸好，该来的还是来了！什么东西猛地击中了我的渔竿，像特快列车一样快。我突然失去了语言能力，失去了平衡，我穿着鞋子，无法用脚趾抓地。我倒了下来，像条扁平的黑线鳕鱼一样，直接扎入了池子里。池子很深的，也许十到十二英尺。我睁着眼睛入了水，水底像鸡汤一样黄乎乎的。我一直都抱着渔竿，那时我还没有学会游泳，但当我浮出水面，我是多么想回到岸边，我很高兴终于到达了岸边！天哪，不要问我怎么爬上岸的。

"我一直紧紧抓住渔竿，当我爬上泥泞的堤岸，把自己重重地摔到草地上时，我不停对自己的良知说（也许是在祈祷）：'别让那条鱼跑了，只要让它好好留在钩上，我就保证再也不会在星期天钓鱼了。我诚心地祈祷。'

"是的，鱼上钩了。它一直都在钩上，为了让它上岸，我费了一番周折，它还是上岸了！是的，没错，它是条很漂亮的鱼。肥胖却自由，有像皇帝一样的胡须，是我见过的最大的鲶鱼。我觉得自己赢得了一场独一无二的战斗，值得得到一枚奖牌。

"这条鱼很重，大概十二磅，只多不少，这是有史以来在阿博特沼泽钓到的最大的鲶鱼。我提着它，不在乎有多重，每走一步鞋子里的水都啪叽啪叽响，袜子已经从膝盖滑脱，花边衣领里全是水草，但我全然不顾，至少一开始我没有管太多。但是，当我爬过栅栏，准备穿越福尔克曼家的牧场时，我衣服上的水开始蒸发，太阳越来越炙热，鱼越来越重，我的良知也越来越强烈。我的脚步逐渐慢了下来。我甚至不想回家。

"我看到我家的房子和周围的枫树,谷仓在正午阳光下很安静,它们可是知道今天是星期天的。我们的狗谢普和所有来亨母鸡①都在门前的台阶上,它们像雪一样站在谷仓周围,动作不多,发出轻微细小的声音。所有的一切都静静矗立在那里,整洁而晃眼,它们都知道今天是星期天,都在无声地谴责我。

"我硬着头皮穿过侧门,正计划着如何在干草棚里躲到天黑,然后回到房间换衣服,跑去看《狂野西部》表演。

"但是我奶奶从厨房窗户看见了我,她的眼睛像鹰一样。

"'贾斯珀!'她声音很大,就像在火车上打电话,'贾斯珀!'

"我停下脚步,浑身滴着水。

"'你来客厅,年轻人,看看你爸爸会对你说什么!'

"艾菲阿姨(我从来没有关注过她)不停地说:'我的天!我的地!贾斯珀·提图斯,在星期天,还有科恩豪瑟先生在,看看你的西装,还有你好看的花边领子!真希望你爸爸好好抽你一顿!'

"而我的妹妹露丝,也没有帮我。她只是盯着我,提着裙子跑开,说:'天哪,真高兴我没有像你一样!'

"没有人提到鱼的事。

"我磨磨蹭蹭走向客厅,迎接我的厄运。

"他们坐在那里,吃着礼拜天晚餐,大家都很满足,因为他们祈祷了又祈祷。而我站在门口,从头到尾全是泥巴,袜子也破了,手里拿着从阿博特沼泽钓到的最大的鲶鱼。

① 来亨鸡是一种产蛋鸡。

"他们都盯着我。我妈妈穿着她最好的丝绸裙子，科恩豪瑟夫人穿着她最好的丝绸裙子，我爸爸戴着硬领，肚子上缠绕着怀表链子，还有科恩豪瑟先生，他的嘴像鱼嘴一样大张着。

"'贾斯珀，你怎么了，受伤了吗？'我妈妈说，'我们都在找你。'

"'受伤了！'我的爸爸说着，站起身推开椅子，'他玩得很野啊，从主日学校逃学了！从教堂跑了！在星期天！'

"'但是，吉尔伯特，他湿透了！'我妈妈说。

"'你怎么把自己弄湿的，年轻人？回答我！'我的爸爸喊道，'你跑到外面去做什么了？'

"'钓了一条鱼，爸爸。'我的声音听起来很微弱。

"我举起了鱼，不禁高兴，它是如此之大。如果我是在星期天从教堂跑了出来，做了一件非常糟糕的事情，我很高兴结果是好的，我钓到了一条精美的大鲶鱼，而不是一个小得可怜的小鲈鱼。这个标准很高（我说的不光是鱼，哈哈，这是个双关语）。

"'哦，贾斯珀，钓鱼！'我的妈妈看起来很伤心。她对鱼的了解不多。但仅仅有那么一秒钟，我看到我爸爸的眼睛睁得大大的，正盯着那条鲶鱼，他看起来并不生气。

"'贾斯珀，'科恩豪瑟先生说，他的大嗓门就像在布道台一样，'贾斯珀，你已经忘了——"第七天你就要休息……"，'[1]

"我想说的是，钓鱼对我来说就是休息，而去教堂是工作，但我的直觉告诉我不要说。我爸爸的脸上又看起来很生气，我知道等待我的是什么。在谷仓后面，我被鞭打了一顿，把母鸡都吓跑了，然后我被送到自己的房间里不准吃晚饭，接

---

[1]　在西方传统中，星期天是休息日。

着和妈妈长谈了一次。

"我对做过的事情忏悔,我越是饥饿,越是感到后悔。最后我觉得我会悔恨自己的罪过,我打开卧室的窗户向外看。我的妹妹露丝和她的娃娃一起跳舞。我挥舞着毛巾(我不敢喊出声来),直到她注意到,蹦蹦跳跳跑过来。

"'我饿了。'我说。

"'等一下。'她说着,跑进屋里。

"很快,她带着一个篮子回来了,我把一根绳子拴在洗脸台后面,放了下去(这不是我第一次被禁足在自己的房间)。露丝把绳子绑在篮子上,我把它拉起来。我清楚地记得当时的饭菜,就像发生在昨天一样:鸡腿、冷萝卜和一片馅饼。露丝是个好妹妹。"

提图斯先生沉默了。奥利弗等了一会儿,然后说:"这就是故事的结尾吗,提图斯先生?"

"很快就结束了,奥利弗。

"很久以后,当我快要长大成人时,我的爸爸去世了。在葬礼后,妈妈、露丝和我整理他的遗物,里面是一些文件和其他东西。爸爸总是习惯记日记,主要是关于作物,比如他买了多少袋饲料,花多少钱,或者他把母猪卖了什么价钱等等。当时我只是用手指翻阅这些纸张,并没有太留意,可是其中一页吸引了我:

"'星期天,1886年8月6日,'上面写着,'今天我的儿子贾斯珀·约瑟夫·提图斯抓到一条十二磅重的鲶鱼。可能是有史以来在阿博特沼泽中抓到的最大的一条。'"

奥利弗思考着这件事。

"其实,他并没有生气。"奥利弗终于脱口而出。

"他没有生气,"提图斯先生同意道,"我很高兴知道这件事。"然后他笑了，"但那顿在谷仓的鞭打，的确让我觉得他气坏了。"

当他钓到另一条羊头鱼时，奥利弗钓了两条蓝鲷鱼，就到了晚餐的时间。提图斯先生的篮子里总是充满惊喜，而奥利弗则以欣赏的目光注视着他打开篮子。每个食物出现时，他都热情地喊："天哪！"或"哦，天哪！"芥末蛋，哦，天哪，碎鸡肉三明治，哦，天哪！橙子多层蛋糕，哦，天哪！

"是的，还有汽水！"提图斯先生说。

他们吃完所有食物后，又去再钓了一些鱼。小鱼们开始在寂静的水中跳跃，树影渐深，牛儿们回到圈里的声音传来。

"是时候回家了，奥利弗，咱们走吧。"提图斯先生说道，从地面上站起来，"我们今天收获不错！下次我们会更好。我的狗去哪里了？哈姆本！回来！回来！"

哈姆本几乎立刻就出现了，跳来跳去，身上沾满了鬼针草，一只耳朵外翻着。

"哈姆本不钓鱼是一件好事，"提图斯先生在他们穿过牧场时说道，"它一条都钓不到。"

他们再次来到围栏前，阴影中，他们俩并排走在尘土飞扬的道路上。提图斯先生的步态比白天僵硬了些，而奥利弗也走得慢了点。但他们钓到了很多鱼，野餐篮子也空空如也，他们都很满足。

路上几次遇到奶牛，它们慢吞吞地走回家去产奶，它们毛色柔和，尘土在蹄子上升起，喉咙发出天鹅绒般的忧郁声音。每群奶牛中间都有一位穿着工作服的小男孩。每次他们说："你好！"男孩也说："你们好，收获怎么样？"他们就举起鱼来给他看。

树林和沟渠散发着夜晚的香气。天空的颜色正在逐渐加深。

"啧，提图斯先生，"奥利弗说，"我，我也希望能钓到十二磅重的鲶鱼！"

"你会的，孩子，你会的，而且会更大。"提图斯先生慷慨地说，过了一会儿，他补充道，"但不会是在阿博特沼泽。"

第八章　夜晚的声响

卡菲有一个表姐妹，名叫西奥博德夫人，是个寡妇。梅伦迪家的孩子们从来没有见过她，但他们都知道她的存在。他们知道她本名叫卡罗尔，住在纽约州的伊萨卡，有两只白色的小狮子狗，她很胖，很怕热，扁平足。她做的水果蛋糕堪称一流。

有一天，西奥博德夫人在下楼时打了个喷嚏，失足跌倒，摔断了三根肋骨。医生和邻居建议她去医院。但是她怕别人照顾不好她的狮子狗，坚持留在家里。

"我的表姐妹爱芙格林·卡斯伯特·斯坦利夫人应该会乐意照顾我一两个星期，"西奥博德夫人说，"我会打电话给她。"

不管你信不信，爱芙格林·卡斯伯特·斯坦利夫人是卡菲的真名。接到电报时，她并不高兴。

"我不能就这样把你们这些孩子扔在家里，"她咳咳地咳嗽着说，"梅伦迪先生还远在华盛顿，不知还会在那里待多久。"

"有威利在，"莫娜说，"他不会让我们有事的，我们还有狗，而且，我也已经十五岁了。"

"我并不是担心你会发生任何事情，"卡菲吸了吸鼻子，说，"我也不单单是惦记这房子在我走后会怎么样。拉什会在每天晚上把脱下的脏衣服扔在地板上，早上又穿上干净的衣服，直到再没有干净的可穿，然后他就会光着膀子走来走去；兰迪会把颜料留在玻璃杯子里，直到玻璃杯在家具上形成一圈水渍，或者谁不小心喝掉其中一杯，然后被毒死；莫娜会在我回来之前一直忘记铺床，会把爽身粉撒到地毯里，到处都会是她的鞋子，她现在就把鞋脱得东一只西一只，还赤脚走路，壁炉架上、窗台上、钢琴上，无处不在，我太了解她了；而且没有人会洗碗！"

"那奥利弗呢？"兰迪听得津津有味，并问道。

"哦，奥利弗，他就像只小猫一样整洁，是不是，我的宝贝？他从小就珍视自己的玩具，捡起玩具就像捡起金子一样。但我知道他会做什么——他会在睡前安静地消失。就那么消失掉。几个小时之内都找不到他，直到他准备好了再出来。第二天早上，他会因睡眠不足留下黑眼圈。"

"您可以去的，卡菲，您可以的，"孩子们告诉她，"以我们的荣誉担保，我们会比以前整洁。我们会让奥利弗七点半就去睡觉，有必要的话，我们会把他绑起来。"

孩子们说服了卡菲，但她还是不情愿地去收拾行李箱了，拉什在卡菲还没下来之前，飞速跑到电话跟前传信给西奥博德夫人。她和卡菲非常要好，所有孩子都喜欢她，但在一段时间内可以享受绝对自由不也是很美好的事情？

"但是食物呢？"卡菲突然呻吟着，一屁股坐在她的床上，手里还握着她最好的鞋子，"哦，我不能走。你们肯定只吃肝泥香肠、熏肠和果冻三明治，还有外面买来的甜甜圈和奶酪。哦，我不能走。"

"卡菲，"莫娜说着，从卡菲的手里拿出一只鞋子，仔细穿在卡菲脚上，"我们会每天喝一加仑牛奶，早餐吃胡萝卜，还会吃菠菜和燕麦片，直到再也吃不下去，蔬菜都从我们的耳朵里冒出来。我们会像天使一样好。真的！"

"好吧，好吧，"卡菲郁郁地说，"但是，怪只能怪卡罗尔·西奥博德太宠爱她的狮子狗。无论如何，真不知道她是怎么摔断肋骨的，也不知道她是怎么胖成那样。"

"卡菲，慷慨些！您是喜欢她的，她是一个非常好的人，"拉什咔嗒一声盖上行李盖子，坐在了上面，"这对您来说会是个不错的假期。"

"假期？我的天！"卡菲反驳道，猛地戴上帽子，好像她正使劲把水壶盖子盖上一样，"你不了解卡罗尔，可怜的孩子，你也不了解她的狮子狗。但是我会在一周之内回来，记住我说的话。"

威利将罗娜·杜恩套上马车，来到了前门。拉什拎着卡菲的手提箱，兰迪拿着她的手提包（卡菲称之为"小书包"），莫娜挽着她的外套；奥利弗紧随其后，手里拿着一块纸巾包着的三片全麦饼干和一块蛋糕，因为他担心"卡菲可能会在火车上饿肚子"。

"什么时候都不要忘记要关纱门。"卡菲一只脚踩在马车上，仍不忘嘱咐，"如果下暴雨，别忘了在'办公室'漏水的地方放一个盆；莫娜，你要记得给奥利弗吃维生素B；拉什，你要在每晚锁好所有的门！星期五之前不要换床单；医生的电话号码挂在门厅电话上面。哦，天哪，还有很多事情，我觉得我不该……"卡菲把脚从马车上挪下来。

在这个当口儿，拉什和莫娜立刻又把她推回了马车里。

"我们会没事的，"孩子们向她保证，"您去吧，不要担心。让西奥博德夫人做一个水果蛋糕带回家。"

不得不从孩子们身边离开，卡菲看起来仍然很焦虑很踌躇。

"按时睡觉！"她的声音从远处传来，"如果有任何问题，一定打电话给我。别忘了喂狗！"

好像如果她不说，家里所有人都会忘记一样！

孩子们回到室内，感觉突然变得独立起来。拉什冲上三楼，在楼梯上撒欢，几分钟后，又听到他踩着踏板用最强音演奏《革命练习曲》。真的太吵了！莫娜脱掉鞋子，放在了大厅的桌子上。

"我想做个馅饼。"莫娜说着，舒服地伸展她裸露的脚趾。她走到镜子前，开始拨弄头发，"在卡菲离开的这段时间，我想我会一直把头发扎起来。"

"好啊，我会为你画一幅肖像画，"兰迪说，"这次我会把它画得很大，几乎是真人大小！你穿上一件长长的连衣裙，戴着珠宝，我会称它为'遐想'或'青春'，或类似的名字。"她一边说话，一边移动起居室里的家具——把桌椅推到墙边，卷起小地毯。

"我的天，你在做什么？"

"创造更多空间。我想在这里练习《阿贝克斯克》①，在这里我可以照镜子。卡菲总是不让我这样做。"

"哦，我不明白为什么不让，只要你能够把家具移回去。"

---

① 果戈里的一部中篇小说。

至于奥利弗，他正忙着一次次地从楼梯扶手滑下。卡菲不喜欢他这样做，因为楼梯底部没有中柱①，而且她总是害怕他会一直冲到最底下，把脊椎摔坏。奥利弗自己有把握，但却不想惹怒卡菲。但是，现在她不在家，这个机会不好好用，就太浪费了。他冲下来，风在耳边呼啸而过，停了一下，又往下冲。他在为自己唱歌。

他一遍又一遍地唱歌，声音不大，也没有太多音调，但是他很喜欢，他一边歌唱和爬楼，一边计划在卡菲回来的前一天再去给花园除草、再去洗澡，他打算带着午饭，整天钓鱼，不需要回来休息。

莫娜的馅饼彻底失败了，兰迪发现她看着面团，几乎在流泪。

"每次我想将面团卷起来时，它就会像蛇一样沿着擀面杖蜷缩起来，根本无法让它躺下！"

"卡菲会在擀面杖上放面粉。"兰迪刚练完半小时的《阿贝克斯克》，还在喘着粗气，蜷在厨房椅子里。

"哦，是吗！"接着就是一分钟的沉默。

"但现在你看看它，还是无法拉长，只是一直往洞里陷。"

"放些干面，也许可以补救。"

这时，馅饼（馅料是大黄叶子）看起来像是一个造型糟糕的冰屋。

"但我敢打赌它会很美味。"兰迪热情地说。如果莫娜记得加糖的话，它可能会好吃一些。

威利和孩子们一起吃晚饭。作为一种特殊的待遇，他们在

① 建筑用语，指螺旋楼梯的端柱。

蚊子肆虐的草地上享用了晚餐，因为天气太热了；莫娜制作了冰咖啡。"仅此一次，"她说，"我觉得卡菲不会介意，是吧？"

"也许吧！"兰迪怀疑地答道。但拉什透过玻璃杯跟她们俩眨了眨眼睛，谨慎得什么都没说。

当大家们尝到馅饼后，每个人都竭尽自己所能地来形容它的味道（奥利弗咬第一口时，就像被刺了一样跳起来，痛苦地号叫着），威利不得不驾着马车带孩子们来到迦太基，用冰淇淋来挽救他们的味蕾。回来时，已经过了奥利弗睡觉的时间，他像小羊羔一样乖乖地去他的房间睡觉了。

晚上九点，天气仍然炎热，拉什建议在睡觉前去游个泳。

"我们不应该去游泳，"莫娜说，"卡菲不会赞成的。"但她的语气中却充满了向往。

天色很黑，没有星星。空中突然划过一个闪电，紧接着是阵阵闷雷，然后是死一般静寂，连喘息声都听不到，林中偶尔传来夜鹰的叫声。

"听着更像是一台机器，而不是一只鸟，"拉什说，"有时它会在很长一段时间内消失，然后又开始叫，口吃一样——'威珀威尔，威珀威尔，威珀威尔'。"

池中的水很温暖。孩子们把自己的整个身子浸在水中，只留一个脑袋，像鳄鱼那样。蚊子沿着水面嗡嗡低飞，孩子们泼着水把它们赶走。这个夏天，萤火虫来得太迟了，但不时有一只几近发光的飞蛾，苍白地在他们头上掠过。

可能是冰咖啡，或是太过炎热的天气，使得拉什在那个夜晚很长一段时间都保持清醒。甚至当他开始打瞌睡时，也做着不安的梦。他一直可以看见奥伦·米克就在眼前，还有在泉水旁那些残酷的面孔。林中栖息着巨大的夜鹰，长着绿色的眼睛，发出阵阵凶光，大声地叫着："米克的泉水！米克的泉水！米克的泉水！"令人恐惧。

他不停地跑啊跑啊，越来越害怕，然后树林突然支离破碎，他面前是一只可怕的动物，面目狰狞的河马，它的叫声恐怖而刺耳。

拉什睁开了眼睛。梦境消失了，但噪音依然存在。他在床上坐起来，心不停地狂跳，他仔细听着。没错——这是迦太基的火警。

拉什下了楼梯，来到电话旁，他甚至不知道自己为什么这样做。他拿下听筒，等待夜间接线员困倦的问话："请问你要拨什么号码？"

"你好，克莉丝比小姐，哪里着火了？"拉什问。

"米克的农场。"

"米克的农场！火势猛吗？"

"我猜火势很猛，他们甚至把装备从埃尔德雷德调了过来。"

"天哪！"拉什挂断电话。一会儿他又拿起话筒，说了声"谢谢"。

兰迪讨厌在她准备好之前起床。"走开！"她抱怨道，拉什摇了摇她的肩膀，她不情愿地说，"离我远点！"

"兰迪！醒醒！米克的农场着火了！"

"米克的农场？是吗？你怎么知道的？"

"接线员克莉丝比小姐告诉我的。我要去看看马克怎么样。如果莫娜醒了，不要让她跟来。"

"我也要去！"

"不，你不行。不适合女孩去。"

　　"适合！我要去。"兰迪从床上跳起来，"马克也是我的朋友。"

　　"那么快点吧！"拉什连生气的时间也没有了，"我去把我们的自行车从车库里拿出来。然后叫醒威利。"

　　幸运的是天气很热，兰迪想，这样就不必在穿衣服上浪费太多时间。她脱下睡衣，穿上她的运动衫和凉鞋，准备出发。她踮着脚尖走下楼梯。黑暗中的一点光线都可能会唤醒莫娜。

　　夜晚的野外充斥着各种奇怪的声响——尖叫的警笛、发动机的轰鸣、隆隆的雷声。睡觉时又起了风。大地广袤而温暖，她几乎可以看见云彩或滚滚的浓烟，像无形的潮。她跑向车库，撞到了拉什。

　　"威利不在这里，"他低声说，"灯还亮着，收音机也开着，和往常一样。"

　　"那他在哪里？"

　　"可能去火场了，他的自行车也不见了。这是你的自行车，试试前灯是否完好？好的，我的也是好的，我们走吧。"

　　在拉什背后的黑暗中前行，是令人毛骨悚然但却兴奋的事情。温暖的大风吹拂着兰迪的脸和手臂，树林像海洋一样低吟，兰迪不敢看树林，她知道这里在晚上变得强大而充满力量。拉什骑得太快，兰迪按动车把上的铃来鼓起勇气，却把自己吓了个半死。

　　"现在几点了，拉什？"她颤抖地问。

　　"很晚了。已经过一点了。"

　　"天哪！"兰迪说。

　　他们把自行车放倒在通往米克家路边的杂草丛中，拉什的手电已经没电了，但他们已不再需要——天空被火光照得通红。不时还有闪电划破长空——那是在金色和深红色火光之上的冰蓝色闪电。

两人跌跌撞撞，喘着粗气，高大的杂草拂过他们，荆棘刮伤他们的腿。兰迪突然被一棵树根绊倒在地上，拉什拉起了她，兰迪根本没时间去看看自己是否受伤了。道路似乎没有尽头，拉什觉得自己仍在噩梦中奔跑。

他们身后不时出现一阵轻微的噪音或光亮。拉什把兰迪拽到路边的马利草中，埃尔德雷德的消防车从他们身边呼啸而过，留下铜铃、红色油漆和灯光在闪烁，还有汽油热气腾腾的味道，然后就突然安静了下来。

"听！"兰迪说。她的眼睛睁得大大的，充满了惊恐，此时他们可以听到火焰的声音——那是各种声响夹杂在一起的快活的噼啪声。

"哦，马克！哦，马克！哦，马克！"兰迪开始啜泣。

"闭嘴，兰迪，你会看到他没事的。"拉什脸色也一样苍白，他开始加快步伐。

他们一下子从树林里走了出来，停在了路上。

农舍肆虐着大火。透过火焰，它的轮廓依稀可见，门窗冒出黑色空洞的烟雾，火焰从墙壁跃上屋顶，高高地蹿起耀眼的火舌。大量烟尘翻腾着，像魔鬼一样袭来，墨蓝色的天空被映衬成了红褐色，火星像着了火的蜜蜂一样乱飞。在房子旁边，枯死的松树闪着火光，每个枝杈都勾勒出燃烧的光晕。

空地上停着两辆消防车和几辆汽车。消防员忙着解开软管，从井边到农舍，一排男人传递着水桶。外围站着看客——几个妇女、老人和小孩子，他们的脸惨白，眼睛反射着跳跃的火焰。不知是谁把米克的两只狗系在栅栏上，它们在那里不停地叫着。

"马克在哪里？我没看见他。"兰迪不停地说。

"他就在什么地方。别再问我了。他肯定就在什么地方。来吧，去找找。"

他们经过三个老人，听到他们说：

"希望他们不要把井都抽干。"

"好吧，他们说还会用某种化学品来灭火。"

"希望灭火的家伙够多，看来这场火需要很多，消耗很快。"

"马克在那！"拉什叫道。

马克和其他人从谷仓出来，牵着马，马克脸上闪着火光，几近晕厥。兰迪不会忘记他那时候的样子，在那些瘦骨嶙峋的马儿之间，马克显得更加瘦小。

"哦，马克，你还好吗？"她向他跑过去，忘记了自己对除了罗娜·杜恩之外其他马儿的不信任。

"嘿，你好，是的，我没事。"

"我们能做些什么，马克？"

"我想也许你可以帮忙把奶牛带出来，拉什。如果风不改变方向的话，谷仓可能会倒塌。"

"火是怎么开始的？"

"我不知道。我睡着了，狗把我叫醒的，然后我闻到了烟味，我打开门时，楼梯都着火了，像火炉一样，然后我关上了门。再后来，我在窗外那棵老松树杈上醒过来，现在已经着火了的那棵。这是棵好树。"

他们都抬头看着那棵炽热的树。

"然后我听到有人叫我的名字，是赫博·乔伊纳，他从卧室的窗户看到火灾，披上睡衣，来到山谷中，他穿过后面草地的燕麦茬，赤着脚，一定很疼。"

"但奥伦呢？"

"我不知道他在哪里。他挤完奶后就出去了。从树上下来后，我一直在喊他的名字……我猜他还在外面。"马克看着拉什，说，"你知道，有时候他一直到早上才回家。"

"我现在去赶牛。"拉什说。

"我也去。"兰迪说着跟着他进了谷仓。

黑暗的谷仓中有一种温暖而有活力的气息，能听见深沉温柔的呼吸和拨弄干草的沙沙声。兰迪胆怯地走向第一头牛。它的影子看起来像一只乳齿象①，它浅色脸上巨大而平静的眼睛盯着她。兰迪想，天哪，人们说动物总是知道你害怕它们的地方，我怕的是……

"来吧，小牛犊！"她用一种甜美做作的声音大声说。

那些牛带着沉重的威严走出来，呼气中有干草的味道。兰迪抬手时发现了缰绳。她向前走一步，牛也跟她一起走，如此温顺。兰迪不禁在心中爱上了这美丽、自信、顺从的生物。回去我会让父亲给我们养一头牛，她对自己说；转过头又对牛说："不要怕，不要怕。我们决不会让任何东西伤害你。"

"兰迪·梅伦迪！"一个愤怒的声音响起，"你在这里干什么？我以为你已经好好地去睡觉了！你爸爸知道了会怎么说？"

兰迪抬头看到了威利愤怒的脸，他浑身湿透了，手里还拎着一个桶。

"我正在赶牛。"她说。

---

① 一种古生物。

"好啊，真是太好了！我想你也把大家都带来了？"

"不，只有拉什。"

"哦，只有拉什。他在哪里？毫无疑问，肯定是在操作软管或者给消防队长提供指引！"

"哦，威利！别生气，我们会小心的。拉什也在赶牛。"

很快，所有的牛都被赶了出去，它们站在牧场边缘，在燃烧的火焰背景中茫然伫立，其中一头还不时用质疑的哞哞声发表评论。

火光冲天，谷仓上方好似支起了一柄烈焰做的镰刀。

"如果消防泵无法更快地工作，谷仓很快就要烧没了。农舍现在已经烧光了。"看热闹的人说。

但现在，一条条涓流被引到火焰上，还有盛满水的桶，不管是细流还是大桶的水，从未停止。

但都没有什么帮助。火烧得太大了。它像一个不受牵绊的巨人一样咆哮着，洋洋自得，对目之所及的一切都充满渴望。

"屋顶很快就塌了，"有人说，"往回退一退吧，这都是说不准的事。"

兰迪发着呆后退了一步，眼睛无法从那令人不安的景象上移开。

"奥伦呢？为什么还没回家？"一名男子说，另一个人用惊讶的声音回答："哎呀，你说他会不会——！那孩子说奥伦整晚都不在家！"

"嗯，他走多远都会闻到这烟雾的。"

兰迪感到害怕。她跑去找拉什、威利或马克。

拉什和马克正在把猪赶出猪圈，看到那些可怕而喋喋不休的生物，兰迪没有帮忙。

"大家往后退，"突然，消防队长命令道，"快退后一步！"

一个声音传来，空洞而可怖。一瞬间，火焰向一侧倾泻，像一个巨大的烈火蘑菇，然后再次向上蹿，比之前更甚。屋顶塌陷了。

"看，谷仓倒了！"一个女人用尖厉的声音喊道。

是真的。谷仓上面的门窗涌出干草，还有木板之间，从裂缝里，像燕麦在破烂的袋子里发芽一样。火焰舐舔着每一处伸出来的干草。

"太快了！"兰迪低声说。

马克站在她身边，什么都没说，他就站在那里，目不转睛地盯着这一切，好像睡着了一样。

"为什么还不下雨呢？"旁观者嚷道，"下雨还能拖延住火势！"

过了很久，火势开始减弱。无数小火苗在水桶中、软管中、水坑中跳跃。迦太基和埃尔德雷德的消防员像旋转木马一样一刻不停地工作。他们不仅与火作斗争，还与风作战。干燥的空气给了火机会，让它向草堆播撒火种。

早上四点钟时，战斗接近尾声，但没人有胜利的感觉，因为房子已荡然无存，只剩下冒烟的灰烬和木炭骨架。谷仓稍好一点，屋顶还在。

围观的人群开始陆续离开。他们疲惫而悲伤，还有对救灾结果的失望。他们互相叫着亲人朋友的名字，一辆辆车的车门被砰的一声关上，米克的狗又开始吠叫。在这些声音之外，还能听到消防员用斧头不断劈砍的声音。手电筒在残骸上来回扫着。

消防队长和威利谈话后，威利走到孩子们的面前。

"走吧，孩子们，"他说，"都结束了。"

"但是，马克……"兰迪说。

"马克也跟我们一块回家。来吧，马克。"

"谢谢，但我不能去。奥伦发现这一切而我又不在家的话，他会不高兴。"

"来吧。我会跟奥伦说的。很晚了。你知道有多晚吗？已经四点多了！所有的公鸡马上就开始打鸣了。"

马克不再争辩，他累极了，他跟着威利，拉什走在他旁边清醒地思考着；但兰迪突然摔倒在他身上，她太困了。拉什拽着她的手臂来引导她。

"我的鼻子里有烟。"兰迪喃喃道。

"你是说你的鼻子能闻到烟味？"

"不，我是觉得这味道以后不会消散了，我的头发也是。"

事实上，整个山谷中都充满了焦臭味。空中时不时有裂开的声音，大风吹过来，又带来未受摧残的夜间树林的芬芳。

闪电突然响起。一瞬间照亮了所有事物——威利磨损的鞋跟、他踩过的匍匐在地的三叶草、在车辙上盘旋的飞蛾。然后一切重回黑暗，紧接着雷声传来。

还有一滴雨。

"终于下雨了，"威利厌恶地说，"就像是错过了几个小时前的巴士。就这样吧。"

他们疲倦得无暇去理会这雨。他们来到邮箱旁扶起自行车时，已经下雨了。他们不敢在这么泥泞的路上骑车。一不小心在湿润的石头上滑倒，就会跌入沟里。兰迪因之前的紧张和过度疲劳而开始哭泣，没人发觉。她平静地吞咽着脸上的水，不知是泪水，还是雨水。她说什么也不会让拉什知道她的感受。

“我早就告诉过你”是最可憎的语言之一。

“马克可以睡在我的房间里。”拉什说。

“不，他可以睡在圆顶阁楼里，”兰迪说，“这是最好的地方，他曾经说过他想住在那里。那里的床铺也铺好了。”

“你在嗅什么？冷吗？”威利焦急地询问道。

“我想是的。”

“我们很快就会回到家。最好带上一个热水袋马上睡觉。”

“要听威利奶奶的话哦！”拉什嘲笑道。

“真希望卡菲在这里！”兰迪说完，打了一个响亮的喷嚏。

“我也希望她在。”威利不得不同意。

拉什和马克首先到达车道。他们低着头，雨点打在他俩之间的自行车上。

“你认为奥伦在‘那里’吗？”

“泉水那？一定是在那。有时候他整晚不回家。”马克默默地说道，然后将苍白的脸转向他，“让我感到奇怪的是，他甚至没有听到吵闹声。”

“可能是风向不对。”

“嗯，那就对了。但即便如此……”

“哦，好了，别担心。他很快就会知道，可能现在已经知道了。”

那天，马克实现了他的愿望。他睡在圆顶阁楼上。雨打在金属小屋顶上，溅在四个窗户上，顺着集水管流下来，水槽叮叮当当响。雷声听起来好像被人从中间截断了，从天空中翻滚坠落。马克思绪混乱——火灾、过去几个小时的努力、奥伦看到这情形的反应，千头万绪，让人无法思考。他将这些屏蔽在脑中，不一会儿就用他最喜欢的睡姿进入了梦乡，感觉自己好像终于回家了。

莫娜不明白为什么早上只有奥利弗醒来，其他人都在睡觉。当威利进来时，她已经开始吃早餐了，威利告诉了她发生的事情。

"我觉得你们这么做很伤人，"莫娜抱怨道，"你们本可以叫醒我和奥利弗，我们也喜欢兴奋的事。这是整个夏天发生的最令人兴奋的事了，而我们两个像冬眠的熊一样错过了！"

她真的很生气，给威利倒可可的时候，就好像在倒毒药。她注意到，他确实浑身烟尘，看起来很憔悴。

"别把那几个孩子吵醒，"威利说，"他们度过了一个艰难的夜晚。我希望马克可以睡一整天。恐怕这可怜的孩子醒来会感到震惊。"

"为什么？"莫娜说，手里的锅举在半空中。

"奥伦没有回过家。"

"你什么意思？"

"他们猜也许他在家里！"

"在房子里！"

"是的，我把孩子们带回家后，很快回到那里，一直没有离开，我和赫博·乔伊纳给牛挤了奶。之前从未挤过奶，真的不简单。"

"威利，你应该得到嘉奖。你一直没有睡觉？"

"没有，今晚我会好好睡，现在不困。不管怎样，就像我说的，奥伦没有出现。我想我应该坚持去米克的草场，我会做一些必要的活计。如果马克醒来，你告诉他。希望他可以睡一整天。"

"我会照顾他的,威利。"莫娜说,她已经忘记了生气。

两天后,他们确定奥伦一直在家里。火的起因仍然是一个谜,人们只是在猜测,有些人认为是奥伦的哪个仇人放的火,因为他有很多仇人;有些人坚持认为房子遭到雷击,这并不合逻辑,但没人理会这个想法;还有人认为是奥伦自己放火,然后被困在里面。不幸的是,奥伦没有买保险。

答案无人知晓。

除了狗以外,没人看见火灾的那个夜晚,是谁从树林中悄悄地下来,跌跌撞撞,摸着那生锈的纱门,找到灯,喃喃自语;在那个黑暗笼罩的山谷里,是谁看见窗子里被点亮,奥伦坐在厨房的桌子上,双手抱着昏昏欲睡的脑袋?

几小时后,甚至连狗(因为它们被关在外面)都没有看见,灯芯在玻璃管里烧得太旺,没有闻到挂在厨房灼烧的日历纸张,也没有听到那狂野的火焰的噼啪声。

无人知晓,奥伦把头靠在桌子上,旁边放着一个水壶,享受着他此生中最深的睡眠。

第九章　马克

最后是威利告诉了马克关于奥伦的消息。

之后，威利进入厨房，孩子们正坐在那里。他们看着他目光凝重。

"你们不要用这样的眼神，"威利命令道，"这不是世界末日。这些事情是难免的。奥伦是一个流氓、一个恶棍、一个吝啬人、一个偷鸡摸狗的人。但请记住，他是那可怜的孩子唯一的亲人。如果一个人患有慢性阑尾炎或疥疮，或者其他困难，他会慢慢习惯。这件事对马克来说很突然，他现在感觉很迷茫。"

"马克在哪里？"拉什问道。

"让他独处一段时间。他在外面。"

"他现在要去哪里？没有人跟他在一起。"莫娜说。

"为什么他不能和我们住在一起？"兰迪叫道，"他可以睡在圆顶阁楼，他可以教我们翻跟头！"

"我会带他钓很多鱼，"奥利弗像叔叔一样插言道，"会帮助他放下心思。"莫娜忍不住要去给奥利弗一个拥抱，他迅速躲开了。

"我知道我要做什么，"拉什决定，"我现在要打长途电话。”

“打到华盛顿？”奥利弗怀疑地说。

“我很高兴你想到了，”威利说，“你不说，我也想打呢。但是今晚打会更合适吧，那时他更有可能在酒店里。”

“不，我们现在就打，”莫娜决定，“我们试试。”

他们都进入起居室，身后跟着埃塞克和约翰·多伊。

拉什举起了电话听筒。

“你好，莱德雷尔小姐（迦太基的日间接线员），我是拉什·梅伦迪。我想和我在华盛顿的父亲说话。”

他们都可以听到莱德雷尔小姐清脆甜美的声音从电话传出：“华盛顿！你知道要花多少钱吗？”

“钱不是问题。”拉什骨子里就是个王子。

“你的爸爸知道你打长途电话吗，拉什？”

“我正是想要打给父亲，莱德雷尔小姐。马丁·梅伦迪，华盛顿博勒加德酒店。”

“好吧，”这个听上去有些机械的声音很不情愿，“但是夜间费用更便宜。”

“这很紧急，莱德雷尔小姐。”拉什说。

父亲在酒店，真是个奇迹！拉什从头到尾讲述了事情始末。父亲和莱德雷尔小姐仔细听着。

“一定要把他留在家里！等我下周回去，咱们一起看看怎么办。”

“哦，爸爸，您太棒了！我就知道您会这么说。”

“一想到孩子们独自在家，我就不舒服。我这里的工作太忙了，下周之前没有回去的可能。我最好打电报让卡菲回家。”

"哦，不，爸爸！请不要打扰她，威利在这里，现在我们已经长大了。不管怎样，莫娜和我已经是大孩子了，我们比以前更懂事。"

"我们俩也都长大了。"奥利弗说完，看着兰迪，"不是吗？"

"好吧，拉什，"父亲终于说道，"我相信你成长得很快，你应该能够处理好这种情况。当然，还有威利在。对那个男孩马克好一些，我知道你会的。多陪陪他，不要让他担心。告诉他，我回来后，会给他想办法。现在让我和威利说两句。"

威利抓住听筒，好像拿着炸药一样。在说话之前，他清了两次喉咙。

"您好，梅伦迪先生，"他嘶哑地说道，"您好吗？"

孩子们听威利再次讲述了火灾的始末。他解释说他和赫博·乔伊纳目前负责照顾奥伦的牲畜，并向梅伦迪先生汇报了孩子们的行为和健康状况。

"兰迪可能有点感冒，梅伦迪先生；奥利弗也不好好按时睡觉，老是拖延，梅伦迪先生，这很不好。"

奥利弗看起来很惊慌很内疚。

"拉什一直表现不错，莫娜和兰迪也是。他们做饭做得也不赖。尽管如此，马克并没有吃任何东西，我猜他受惊过度了。罗娜·杜恩也很好，但它上周它跑到玉米地里，吃了个肚儿圆。我用树枝把栅栏修了，我正在建一个真正的鸡舍。花园也不错，很多新鲜蔬菜和玉米已经能吃了。早点回来吧，先生，我们都很想念您。梅伦迪先生，您放心。请等一下。"

威利转向孩子们，低声说（没人知道他为什么低声话）："他想和你们每个人打个招呼。"

莫娜是第一个。她向爸爸列数了自己学到的菜式、她正在写的剧本和正在阅读的书。

兰迪是下一个。她花时间乞求父亲快回来，告诉他孩子们是如何想念他的。最后，她说："您能给我带一双芭蕾舞鞋，2码的，粉红色绸缎的？"

"傻！"拉什说，"我没听说过华盛顿还有芭蕾舞者，只有参议员和国会议员，他们脚上都穿着国会靴套，没听说谁能穿上2码鞋的。"

奥利弗用力向听筒喊道："喂，爸爸！我是奥利弗，什么？是，什么？哦，好，再见。"

奥利弗不经常接电话。

拉什再次跟爸爸说再见，挂断了通话。莱德雷尔小姐对父亲问道："我可以把账单寄到您家吗，梅伦迪先生？或者您希望将账单寄到您现在的住处？"

只听见父亲的声音而见不到人，让拉什格外想念父亲。他环顾着家人："如果没有一个家人，那将多么难过。来吧，我们去看看马克。"

他们来到户外。天气不错——阳光明媚，风儿习习。但是，孩子们没有大吵大嚷，而是平静地走了出来。他们看到马克站在泳池旁边，背对着他们，他们没有奔跑着靠近，而是小心地走过去。他们心中充满怜悯和异样的感觉，不知道该说些什么。

他突然转过身，笑了：

"我敢打赌，你们没人能用卵石一次在水上打五次水漂。"

他们当然没人能做到。首先，泳池太小；其次，即使在大海那么宽阔的水面上，他们也无法一次打五个水漂。但孩子们已经跃跃欲试了。大家顿感放松起来，随后都叽叽喳喳地一展身手。

他们用自己的方式向他展示着善意。马克先扔，当他的石头跳起来第三次时，孩子们都热烈地鼓掌欢呼。奥利弗为他收集扁形的鹅卵石。

"世界上你最喜欢的食物是什么？"莫娜突然问道。

"我不知道，我想可能是草莓脆饼。我们去迦太基修理收割机时尝过一次。"

莫娜的脸拉得老长。草莓收获的季节早已结束。然后她想到了什么："你有没有品尝过黑莓脆饼（莫娜自己都没有尝过），味道更好。"

兰迪说："你最喜欢什么颜色，马克？"

"绿色。"

"好的，这样吧，我为你编织一件绿色的毛衣，又好看又温暖。"

"哎，那太好了。但我不想麻烦你。"

兰迪说："绿色的，有领子的那种。"

说实话，兰迪讨厌织毛衣，她总是织不好，除了一条奇怪的围巾，还有一件没有完成的洞洞毛衣，只有前胸和领子，看起来像牛头人①的迷宫一样曲折，她没再织过任何东西。

"到了圣诞节，应该就会织好。"兰迪说完，忍不住叹了口气，"无论如何，在开春之前肯定会织好。"

"哎呀，那太棒了！"

"你先看到再说好，"拉什警告说，"很可能会有三个袖子。"

---

① 弥诺陶洛斯，希腊神话中的牛头人身怪。

　　午餐时间，奥利弗向马克推销提图斯先生给他的一条十七英尺长的鲶鱼钓线，这是他心中的骄傲。午餐后，莫娜手拎一只篮子朝着林子里黑莓生长的方向走去；兰迪口袋里装着零用钱，骑车来到迦太基去买绿色的毛线。

　　"我们去远足吧，"拉什对马克说，"去我们从未去过的地方。骑车去更高的山或者很远的地方，你骑莫娜的自行车。"

　　"我应该回农场去照看照看。如果奥伦知道我在偷懒，他会很生气的。"

　　"哦，不用去，威利去帮你做那些琐事了，他说他很乐意在接下来的几天里帮你的忙。赫博·乔伊纳会去挤奶。"

　　"好吧，"马克看着拉什，"可是，我从来没有骑过自行车。"

　　"那我教你！来吧，我们现在要上一课。你会发现它就像挤奶一样，没有看起来那么简单！"

　　马克的兴趣远不止骑自行车，他渴求新鲜事物就像干草渴求水的滋润一样。他沉醉于梅伦迪家的书。他坐在办公室的地板上，不停地翻看，四周都是他从架子上拿出来的一摞摞书。除了频繁的翻书声之外，没有任何声音。

　　"这本书太好了，这真是一个好故事。"他说，然后终于抬起头，望着房间里关注他的其他人，目光却还停留在另一个世界，"这个男孩，汤姆·索亚，在山洞里迷路了。"

　　汤姆·索亚、罗宾汉、毛格利[1]、里奇·蒂基·塔维[2]、昂卡思[3]、银约翰[4]，都是马克的新宠。甚至连女孩的书都没有放

---

[1]　吉卜林的小说《森林王子》中被狼群抚养大的人类男孩。

[2]　吉卜林的小说《森林王子》中勇敢的小猫鼬。

[3]　印第安部落莫西干人起义领袖。

[4]　罗伯特·斯蒂文森的小说《金银岛》中的角色。

过：《布莱尔城堡》和《小公主》[1]，甚至还有那些带有彩色图片的古老童话故事：《水孩子》[2]《安徒生童话》《奥兹国的巫师》[3]，还有太多太多如何赢得公主芳心、穿着红舞鞋跳舞的女孩[4]、女巫、教母、皇帝和食人魔的故事。

音乐也让他着迷。拉什对这样的观众感到既惊讶又满意。马克会一直坐在钢琴凳旁边，凝视着拉什用手指巧妙地翻译出乐谱上的象形文字。

"再弹一次，"他会说，"我喜欢这一首。"

马克对一切都充满了热情，他甚至喜欢让家里其他人大喊大叫的毛栗子。这一切对于马克来说都是新鲜的，所以这些东西对于拉什来说也再次成为新鲜的事物，并让他像最初那样去热爱它们。

但是，在所有新体验之中，马克最热切地学习到了如何在家庭中与人相处。晚上，当他在阁楼睡觉时，他知道善良的人离他不远；当早晨醒来的时候，窗户会透进阳光，屋子里有人说话的声音，有水流潺潺的声音，还有培根的香味。一天当中会充满他从不知晓的新事物，大家会讲笑话、发现新东西、工作、玩耍和聊天。他立即跳下床，不能浪费丝毫的时间。

多年来隐藏在他心中坚硬、冰冷、原始的东西变得越来越小，好似正在融化；在原地，有样东西正如蓬勃的植物一样不断长大，它温暖而舒适，一点点地挠着他的痒痒，让他想要笑得更加开怀，并乐于看到他人的微笑。

---

[1] 弗朗西斯·霍奇森·博内特在1905年出版的儿童小说。
[2] 查尔斯·金斯莱在1863年出版的儿童小说。
[3] 弗兰克·鲍姆于1900年出版的儿童小说。
[4] 安徒生于1845年出版的童话《红舞鞋》中的人物。

第十章　女性领地

"非常轻柔地混入糖，加入一茶匙香草和半茶匙杏仁精华，"莫娜梦幻般地默念着，"倒入九英寸的模具，轻轻撒上切碎的杏仁，然后……"

"然后就可以彻底摩擦头皮……"拉什不客气地戏谑道，"你到底在说什么？"

"我从提图斯先生那里得到的食谱，"莫娜解释道，"我没有写下来，而是背了下来。这样就不会弄丢了。"她继续说道，"在烤箱中用文火烘烤——"

"直到颜色和质地达到碎木炭的样子，"拉什说，"用螺母、螺栓和旧垫圈装饰，一个月后就可以食用了。这到底是什么，莫娜？首先给我们灌输大量的莎士比亚，现在是食谱。从哈姆雷特到煎蛋卷几乎没有过渡。"

"还有呢，"莫娜骄傲地说，"你想听听提图斯先生的蛋糕方子吗？这次我会用戏剧化的表演来展示。一磅糖！"莫娜皱了一下眉头，蹒跚了一下，"一磅黄油！"她呻吟着，"十几个鸡蛋。"她的声音变成了悲哀的低语，"四杯过筛的面粉——"她睁开眼睛，脸上是麦克白夫人疯狂的笑容，"还有两杯葡萄干！"

"好了，好了，"拉什喊道，"我会吃的，但我不想听！"

莫娜这段时间一直在尝试做饭。几星期前，她做了一个蛋糕，大家的反响都不错，这让她感到很意外。然后她做了一些酥饼，做了另一个蛋糕（不太成功），然后是蛋白糖饼。在这些早期实验中，每一次她都将注意力高度集中，身边围满了食谱、器皿和配料，眼中闪着势在必得的光。当一个前途未卜的产品终于进入烤箱时，莫娜在烤箱前不停地徘徊，嗅着缝隙里传出的味道，搓着手，除了祈祷之外，做了一切她能做的事。

"你就像等待陪审团裁决的犯罪嫌疑人。"拉什说。

她非常幸运。"裁决"几乎总是有利于她，不时有个无伤大雅的失误，比如第一次的大黄馅饼、一个不膨胀的葡萄干蛋糕，或者一批难看的甜甜圈。

她沉溺于食谱和记住的方子中，生活在一个充满了糖霜、起酥油和蛋白的白日梦里。对烘焙的迷恋导致在拿到下一张配给券前就耗尽了家里所有的糖，结果在一个星期之内，孩子们吃麦片粥时都没有糖可加。每当拉什看到她时，他都会脸色阴沉地嘟囔："你自己吃蛋糕吧！"

当卡菲管理厨房时，莫娜的幻想只限于那些不甜的食物，比如汤、饼干和蔬菜等。她虽嘴上说这是一件好事，但兴趣从未减少。现在卡菲暂时离开，她可以做一切她想做的事情。即便已经有三个装满了各种饼干的罐子，她还是在考虑制作一个水果蛋糕。

"听着，莫娜，"火灾发生几天后，拉什突然说，"你最好把你的美味佳肴忘掉一段时间。花园里的所有果实很快就会成熟，西红柿一夜之间都红了。如果不马上采摘，它们只能躺在地上腐烂。还有黄瓜！天哪，前一秒钟黄瓜还跟我小手指差不多，下一秒就跟小飞船一样大！我们需要做点什么！"

"除了早餐外，我们可以每顿饭都吃西红柿，"兰迪说，"我已经吃腻了黄瓜了。"

"或者我们可以卖掉！"奥利弗满怀希望地说。

"不行，小家伙。我们生活的乡间，这玩意儿就像煤炭在纽卡斯尔①一样，到处都是。"

"罐装是最好的方法，"莫娜说，"哦，真希望卡菲在！"

过了一会儿，她抬起头来，用搅拌勺敲击着桌子："我们自己做！给卡菲一个惊喜！"

"哦，不！"拉什说，"我们都会死于细菌感染或其他的什么东西。不，还是谢了！"

"你说的是肉毒杆菌，"莫娜纠正道，"哦，拉什，别那么扫兴。我会去找一本关于罐装的书，并按照它的方法进行。做出来的食物只会像新鲜西红柿一样安全，还可以做酸黄瓜。"

"啧啧，"拉什说，"真后悔是我提起了这件事！"

"你得帮助我。我们从明天开始。你和马克还有威利去摘西红柿和黄瓜，奥利弗在软管那把它们洗好、擦干！"

① 美国宾夕法尼亚州城市，附近盛产烟煤、石灰石和陶土等矿产。

"哎呀，"奥利弗说，"我要去钓鱼。"

"还有，兰迪，你可以在厨房帮我削皮和切块。"

"可是，"兰迪说，"我要去达芬家呢。"

"不，你们都需要帮忙，我只有两只手，"莫娜严厉地说道，"现在我要去迦太基买一些罐子，还有一本关于罐装的书，然后我会去请教大家——惠尔赖特夫人和提图斯先生，也许还有艾迪森一家。"

最后一个主意的结果不佳。莫娜带着不同的罐装方法回了家，这让她晕头转向。

"天哪，"她嚷道，"他们的方法全都不一样，我哪个都没记住。惠尔赖特夫人说用开水壶，艾迪森夫人说用烤箱，提图斯先生说冷罐装方法……"

"你最好按照提图斯先生说的那样做，"奥利弗建议道，"他在食物方面可是专家。"

莫娜一晚不得安睡，她做了一个长长的关于西红柿的梦。

第二天早上起床，莫娜和兰迪一起吃早餐，并研究了她的罐装指南。在家里的男同胞已开始采摘工作时，她觉得自己已经将方法烂熟于心了。

她和兰迪对第一批西红柿充满了热情，似乎面对着无价之宝：一大堆光滑的红色果实，仍然带着露珠。第二篮看起来也非常漂亮，第三篮也是，当第四篮放在自己面前时，莫娜有些退却了。

"不可能有那么多，拉什！"

"是你自己要做的，伙计。菜园里可都是活的证据。而且，在二十四小时后还会更多！"他在工作服上擦了擦手，"现在给黄瓜让路！"

"黄瓜！"莫娜微微瘫软在厨房椅子里，"我把黄瓜的事全忘了！"

有两篮黄瓜。现在厨房里到处都是蔬菜。

"我再也不会开炊事兵的玩笑了。"兰迪说。大约一小时后，她站在洗衣盆前给西红柿去皮："看看！它们就像青蛙一样滑溜溜的。"

"这是第一个消过毒的罐子，"莫娜说道，声音平静，但听上去她已被繁重的工作吓坏了，"把西红柿放进去吧，兰迪。我会把汁倒掉。"

这项工作漫长而看不到终点。莫娜把消过毒的盖子全掉在了地上，他们不得不再一次消毒；兰迪用削皮刀割伤了自己；莫娜把第一个罐子放进锅里，手指快被烫坏了；兰迪脚下一滑，跌倒在西红柿皮里；当从锅里取出第一批罐装西红柿时，打碎了两罐。第一罐是因为莫娜没有经验，徒手去抓瓶身，因为太热，被她毫不留情地扔了；第二罐自己爆炸了。

"我觉得这其中有问题。"兰迪想了想说。

"还剩下六个，"莫娜说，"这六个看着就像真正的罐装西红柿。我找不到问题的原因！"

正在莫娜和兰迪手忙脚乱的时候，拉什、马克、奥利弗和威利都进来了，吵着要吃午饭。看着到处都是的玻璃罐子和溢出的西红柿汤汁，拉什得出了结论——这里发生了凶残的命案，他徘徊着喊叫道："血！血！"然后他站起来，重重地皱起眉头，转向威利，"马上致电苏格兰场[①]，这里发生了非常可疑的事情。显然是一起蔬菜杀人案！"

"哦，拉什，不会已经到中午了吧！"莫娜哀叹道，"我

① 英国伦敦警察厅总部所在地。

们才刚刚开始，甚至都没有想过午餐的事情。"

"他们可以吃一些玉米片，"兰迪的建议很有意义，"冰箱里还有一些凉面条。"

"玉米片，凉面条，"拉什说道，然后又蹲了下来，"血！血！"

"开心点，莫娜，"威利说，"我拿了个煎锅和一些鸡蛋，还有土豆，我们在户外吃午餐。"

"威利，你太好了，"莫娜感激地叹了口气，"也许还有些剩菜……"

"我们也会做你们俩的那份。"威利在拉什的大声抗议中说。拉什想要莫娜为让他们吃玉米片和凉面条而羞愧："就像你建议的那样，兰迪，混上一些林索①，还有一些番茄酱。嗯，好吃！再用几个生鸡蛋和少量碳酸氢盐，搅拌……"

"快从这里离开，拉什！你说的让我恶心，"莫娜指挥道，"你们都走。这是女孩们的领地。"

"你们可以在我不在的时候来厨房。"过了一两个小时，莫娜又补充道，"我的生活从未感到如此躁动和混乱。都是因为这几罐西红柿，而人们吃的时候根本不会留意。"

她的脸因用力而扭曲，头发用一条洗碗巾绑起来，围裙上遍布着西红柿汁。

兰迪看起来也狼狈极了。她的头发沾着西红柿籽，脸颊有橙色的污迹，身上是一件褪了色的旧运动衫和一条围裙。

"唉，"她说，"你知道我现在有什么感觉吗？我觉得自己像一个四十岁左右的老女人，还是个扁平足。"

"但是咱们的成果看起来还是不错的。我说的是西红柿，

---

① 老牌洗衣粉和清洁剂。

不是扁平足，兰迪。"

　　的确不错。十六个密封瓶子里的猩红色水果，上下颠倒着放在厨房的桌子上。

　　"卡菲会很高兴的。"

　　莫娜点了点头。两人瘫坐在椅子里，像守财奴一样贪婪地盯着她们的作品。由于热胀冷缩的缘故，热西红柿的瓶子像鸟儿一样吱吱地叫。一个罐子当着她们的面爆炸了。兰迪锁骨被玻璃碴儿割破了，莫娜的眼睛也进了西红柿汁。

　　就在此时，提图斯先生出现在了门口。

　　为了自己的信誉和对两个女孩的感激之情，提图斯先生没有嘲笑她们面临的窘况，甚至没有微笑。他只是站在那里，手中拿着破草帽，说："我想也许你们需要一个帮手。我就敲了门，又喊了你们的名字。我猜你们太忙了，没有听到。"

　　"提图斯先生，您能来，是我们的祈祷得到了应答。"莫娜的眼睛噙着泪水，因为西红柿汁进到眼睛里，她很疼，"玻璃瓶子做的高射炮太猛烈了。"

　　兰迪给了提图斯先生一个拥抱："这个世界上，您是仅次于父亲和卡菲，我们现在最想见到的人。"

　　莫娜拿过他的帽子。兰迪飞奔着把卡菲的一个大围裙系在提图斯先生腰上。不一会儿，厨房就从一片混乱变成了一个有序、有效的地方。西红柿安静下来，顺从地进入罐子。它们对自己的主人很有信心。

　　到了晚上六点，除了三打完美的西红柿罐头外，炉子上还准备有美味的晚餐。提图斯先生婉拒了她们留下来分享的邀请。

　　"不，谢谢，我要回家了。我得回去喂我的狗。但我明天还会来的。八点半左右吧？我们将其余的西红柿做完。然后就开始解决黄瓜的问题。小茴香酸黄瓜怎么样？我有些小茴香。我们可以做辣味腌菜和芥末腌菜。嗯，不去吃，光是说说都觉得很好。我很喜欢泡菜。"

拉什带着惊讶的表情看着提图斯先生离开。然后他转过身，看了看姐妹俩。

"女性领地，是吧？"他说。

但是拉什知道酸黄瓜吃到肚子里肯定会是非常美味的。

第十一章　"欢迎卡菲"

新手的运气总是很好，制作罐头的技能在练习中得到了进步。由于卡菲将在本周六回家，罐装进程也加快了。梅伦迪家的男同胞过了五天食不果腹的日子，早餐匆匆忙忙，午餐一带而过，晚餐有什么就吃什么。

每天八点三十分，提图斯先生准时来到家里主持烹饪仪式，活像一个系着围裙的大救星。助手兰迪和莫娜将蔬菜一个个地洗净、去皮。他们在炉灶边徘徊，脸颊通红；他们打开烤箱门，皱着眉头检查；掀开大锅的锅盖，释放出蒸腾的雾气，他们劳动的成果逐渐显现出来——罐子里装满了西红柿、西红柿汁和黄色的西红柿酱，还有小茴香和印度风味腌菜。出于热情，女孩们花光了自己口袋里所有的钱（以及任何可以从拉什和奥利弗那里得到的钱），买了一箱桃子和李子，每种几夸脱①的果酱。多亏卡菲储存了大量白糖，她们得以尝试制作果酱和蜜饯。

每天早上她们早起，急着投入到工作中。每天晚上，她们拖着疲惫的身体向楼上蹒跚而行，厨房闹钟在莫娜胳膊下不时

---

① 容量单位，主要在英美国家使用。

响声大作，指针这时很可能正指向九点至十一点之间。答应卡菲按时睡觉的承诺被忘在了脑后。

"毕竟，我们从事的是人们常说的基本产业。"莫娜向兰迪证明了这一点。

"好吧，也许蔬菜是。但保存李子和苹果是吗？还有黑莓果酱呢？你认为这些是必不可少的吗？"兰迪很累，她像狗一样四肢着地爬上楼。

"是的，我是这样想的。"莫娜坚定地回答。

两个女孩在星期五晚上完成了她们的工作。提图斯先生带着一篮子各式各样的菜以及莫娜和兰迪一辈子的感激回了家。

那天晚上莫娜和兰迪没有将闹钟带在身边，本想睡个懒觉，她们的努力工作使她们当之无愧享有这个荣誉。六点十五分时，讨厌的闹钟铃声还是习惯性地敲响。莫娜手中提着鞋子爬下楼梯，来到厨房，兰迪早已坐在那里。她身穿蓝色睡衣，打着哈欠，一个鸡蛋在煎锅里咝咝作响。

"我不知未来是不是都要在黎明中这样醒来做饭。"莫娜说。

"我喜欢这样。反倒是白天很没意思。"

阳光一行行照进窗子，透着粉红色，筑巢迟了的鹪鹩在窗外唱着清脆的歌。

莫娜为自己煎了一个鸡蛋。回到火炉前，她停下脚步，向窗外看去。露水坠着小草，把它们都镶上了一层银边。阴影中漂浮着蓝色的雾气，威利种的向日葵垂着沉重的脑袋。如果每个向日葵都有一张脸的话，它们看起来就会像俄罗斯童话里带有火焰流苏的太阳。

"夏天就快结束了。"莫娜叹了口气。

"哦，别说出来！我希望它永远也不要结束。"

"我也不希望，但它还是会结束的。九月中旬我会继续在电台的工作。"

莫娜将鸡蛋从锅里盛出时，忍不住嘴角上扬。重新投入到工作中会很有意思。再次表演，再次了解幻想与现实令人兴奋的融合，重新研究她的艺术专业，去工作、学习，并尝试使自己扮演的角色变得完美，再次受到瞩目。莫娜的虚荣心像小猫一样弓着背，呼噜着。

兰迪正在吃早餐，看起来莫名地沮丧。她讨厌每一个分别的瞬间。而现在，在意识到夏天已接近尾声的时候，她正在审视这个夏天。它偷偷溜走了，不小心被用光了，还是被光荣地浪费掉了？她曾计划用金银花和玫瑰花制作香水，而现在已经太晚了；忍冬也在很久以前凋零了；她一直想去学习所有不同鸟类的鸣叫，但现在几乎所有的鸟都停止了歌唱，是什么时候停止的呢？

"好吧，我不会再浪费了！"

"嗯？"莫娜说，仍然微笑着。她在幻想来自崇拜者纷至沓来的信件。

"啊！"不过在一秒钟后，莫娜尖叫道，"培根溅出的油灼伤了我的手腕。兰迪，苏打在哪里？"她的虚荣心立刻灰飞烟灭。

"你不会再浪费什么了？"她一边问，一边在手腕上拍着苏打和水。

"夏天，"兰迪解释说，"我会去欣赏它。我要在树林里散步，关注一切，在我从未探索过的所有道路上骑自行车。我要用蝶须类植物①填充枕头，这样在一月我还可以闻到它，铭记八月的时光；我要去晒一大堆薄荷，这样在整个冬天都可以把它揉碎，想起夏天的样子。我会去看去闻去听一切，让我永远不会忘记……"

"你知道卡菲怎么说吗，兰迪，每当你开始讨厌事情的变化时，就是美好的事物转瞬即逝的时候！"

"但这些事物为什么不能美好呢？"兰迪争辩道，"如果你在即将失去它们时不尽情欣赏，你就永远不会欣赏它。你只是从一天过渡到另一天生活，不知道也不关心任何事，像个萝卜一样庸庸碌碌地度日。"

"萝卜对很多事情都是很关心的，"拉什突然出现说，"萝卜是一种有强烈情感的蔬菜，无论如何，在兰迪总是说她讨厌萝卜时，她想推荐些别的什么蔬菜吗？"

兰迪感到困惑，不再争辩，"我不知道，拉什，我的思维都混乱了。你比我聪明多了。"

"也许我应该在'小神童'上找一份工作。"拉什若有所思地说道，他开始组合他最喜欢的早餐，是那些卡菲不在这里时他喜欢吃的东西。首先，他吃了一大碗拌了红糖、奶油和切片桃子的麦片粥。然后，他用两片厚厚的烤面包片做了一个三明治，里面塞满了黄油、果酱和培根。最后，他做了另一个，全都是花生酱。

"马克和奥利弗在哪里？"

"我下楼时马克在洗澡，"拉什说，"他经常花上几个小时在淋浴间里，简直欲罢不能。我想是因为他以前从未见过；奥利弗还在睡觉，小懒虫。提图斯先生今天还来吗？"

---

① 双子叶植物纲，又称木兰纲。

"不，我们已经把罐头都做完了。"

"太好了！"拉什说道，"现在我们可以重新去做生活中的琐碎事，也能在一天中吃上一顿热腾腾的晚餐。"

"但是，看看我们已经完成的工作啊。"兰迪喊道，"拉什，全部留给卡菲看看。"

拉什缓缓地点点头："这真不错！"他同意道。

的确很不错。夸脱瓶被安置在架子上，从窗台射进的光线很好地展示瓶子的琥珀色、紫色和朱红色的美。夸脱瓶旁是品脱瓶，里面是咸菜和蜜饯。

"它们多漂亮，"兰迪叹道，"一想到要吃它们，我就难过。"

"我可不难过，"拉什说，"我都等不及冬天吃了。"

"不知马克今年冬天会在哪里，"莫娜说，"我希望父亲能回家决定这些事情。"

"我也希望他回来，我希望马克能够永远留在我们身边。"兰迪由衷地说。

"他是个不错的伙伴，"拉什同意道，"他比我见过的任何人都更了解动植物的名字和习惯。例如，你知道松鸡喜欢在冬天埋进雪里吗？你知道蜜蜂刺伤你后它会死去吗？有一颗名叫'毕宿五'①的星星，每年八月十号左右，在你夜晚仰望天空时，可以看到几十颗流星！你见过吃昆虫的植物吗？我见过，就在巴格特牧场的沼泽地里。你见过蜻蜓幼虫吗？你知道什么是晶洞吗？你甚至都没有听说过吧？我也没有。这些都是我从马克那里学到的。"

"也许他才应该加入'小神童'，"莫娜不怀好意地说，

---

① 金牛星座中的一等星。

"即使他不懂得那么多关于虫子和其他的事情，我也喜欢他，因为他人很好，也不自作聪明，不像某些人一样。他很好，是因为他没有装作很好，也很有趣。"

"嘘，他来了，"拉什警告说，"他不喜欢我们谈论有关他的事情。"

马克走进来，浑身上下擦洗得干干净净。莫娜又在平底锅中打了一个鸡蛋。

"哎，我迟到了，"马克说，"七点半！我从来没有在这么晚吃早餐！"

"我希望你没有随波逐流。"拉什说。

"我脑子里想的是农场。农民可不能晚起床。"

"也不能在豪华淋浴房里玩上半天。"拉什补充道。马克走到桌子旁边，面露赧颜，差点将脸埋进橘子酱里。

在过去的四天里，马克的大部分时间都花在奥伦的农场上。威利尽可能地帮助他，拉什和赫伯·乔伊纳也是如此。到了收玉米、堆秸秆和其他繁重工作的时候，还有更多的志愿者前来帮助。即便如此，农场上的工作仍然艰辛、需要人手，且一直如此。马克很少提及，但梅伦迪家的孩子们感受到了他的焦虑和责任。

"我真希望父亲能回家来，"莫娜愤愤道，"我敢打赌，美国总统、国会和其他人都可以自己解决几天的问题。只需要几天！就可以让父亲回家过一个简单的周末！"

"莫娜！"楼上传来一个沙哑的声音，"我找不到我的运动鞋了！"

"哦，亲爱的，"莫娜跑出厨房时喊道，"可能在室外，被露水浸湿了，或者已经掉进小溪或者哪里去了。"

早餐后，拉什和马克又去了奥伦的农场。奥利弗在花园里，莫娜和兰迪开始打扫房子，准备给卡菲留一个好印象。

"制作罐头时，我们家一定看起来非常糟糕。"莫娜叹道。她把头发用毛巾绑起来，把卡菲的围裙系了两次，还是不像那么一回事："你说，其他人家都是怎么做的？真正的家庭主妇和孩子，还有其他人？"

兰迪摇了摇头道："等我长大后，我会成为一位著名的画家和舞蹈家，住在一家酒店里。"

"我会成为一名著名演员，更衣室里堆满了鲜花。我也会住在一家酒店里。"

"我们永远不需要再做饭。"

"也不需要再做罐头。"

"虽然做罐头很有趣。"

"是的，多亏了提图斯先生。卡菲会不会很高兴？"

"或者被我们吓着？"

"绝对会吓她一大跳，哦，天哪，"莫娜说，"我希望我不那么害怕吸尘器。我讨厌它鼓起来的袋子①，按下按钮，马上就开始吼叫。"

"是啊，还有，它根本不按你想的方向走。不过，我会和你轮流做的。"

房子已一周无人打扫过。莫娜和兰迪投入到了紧张的工作中。她们俩手忙脚乱，在同一个地方擦了又擦；把碎屑堆在角落却再也想不起来去清扫；搞错干净抹布和脏抹布；一遍遍地让扫帚和拖把在地板上划出尖利的声音；吸尘器像巨大的蜜蜂一样嗡嗡作响，兰迪和莫娜在吸尘器的背景声中大声彼此呼

---

① 老式吸尘器的尘土会被收纳在一个可以鼓起来的袋子里。

唤，就像是在人群中一样。

中午，马克、奥利弗、拉什和威利都带着期待来到厨房。他们的微笑随着看到的景象而僵住了——眼前只有一个了无生气的炉子，没有锅碗瓢盆，桌子上没有正在准备的食物。地板很干净，除了莫娜摞在一起的两只鞋子外，别无他物，跟他们几小时前出门时的摆放一模一样。

"这太过分了，"拉什说，"这太过分了！"他像一个疯狂的莫西干人一样夺门而出，朝着楼上发出嗡嗡声和呐喊声的地方跑去。

"头顶要有卷发。"兰迪大声嚷道。

"我喜欢长一点，"莫娜用同样的高音回敬道，"发梢有点小卷，他们管这个发型叫'听差男孩'。"

"'听差男孩'？"莫娜在关闭吸尘器的同时，拉什厌恶地重复道，"'听差男孩'？我的天哪！为什么不是门童，或者是小杂役？我们的午餐在哪里？"

"噢，天哪，"莫娜说着，任由吸尘器跟扫帚和拖把一同倒在一旁，"已经到中午了吗？"

拉什仍看起来很疯狂："中午？现在已经是十二点半了，你们需要给四个饥饿的人做饭，他们都饿坏了！你们做罐头时，少吃几顿饭还有情可原，但现在没有任何借口了！"

"炒鸡蛋，"兰迪沙哑地说，"很简单，我去做沙拉。"

"鸡蛋！"拉什抱怨道，"你总是忘不了鸡蛋。自从卡菲离开后，我已经吃了很多鸡蛋了，身上都快长羽毛了！"

孩子们匆匆忙忙吃完饭，又都回去工作了。房子逐渐恢复了常态：有序而舒适。拉什带回了不少鲜花——百日菊、矮牵牛、万寿菊和金鸡菊，莫娜将它们一一插好。威利甚至折了一些小个儿的向日葵。

"我怎么安置它呢？"莫娜沉思道，"向日葵太大太多了。"

最后，唯一能够容纳向日葵的容器是一个小铝制垃圾桶。莫娜用皮革小心地装饰了垃圾桶，并倚在了客厅墙上。向日葵色彩浓烈，照亮了半个房间。

卡菲的房间在阴凉处。奥利弗用自己的想法来装饰：他将野花塞进一个高脚杯里，有马鞭草和三叶草，还有黑心金光菊，他摘得太短，又握得太紧，很快就都枯萎了。

"那些花是奥利弗的心意。我会把它们放在床边的桌子上。"莫娜说完，把自己的洋蔷薇花束和小白花瓶中的勿忘草花束一起换了下来。

开着的窗户传来了割草机的声音。拉什借用了提图斯先生家的割草机，威利正在使用自家的，两人正在草地上演奏一支双重协奏曲。每次两人将机器推到一起时，拉什都会说"夜间船只通过"或者"有一片草坪，一圈一圈的"等一些傻话。埃塞克兴奋地冲向拉什和不停地向外喷草的割草机狂吠；约翰·多伊则更喜欢对着威利的割草机叫嚣。虽然嘈杂，却很愉快。

奥利弗正在种菜。他又锄又铲，不时拉起一棵肥大的马齿苋，用一把假想的机枪杀死它："嗒嗒嗒，你死了！"

一颗颗汗珠从奥利弗的帽子下流过，但是蟋蟀的歌声使他振作，高大结实的向日葵像一群朋友一样站在他身边。

兰迪洗了整个星期因罐头而染色的毛巾，它们被挂在晾衣绳上，夏天的空气中弥漫着消毒水气味；她还擦洗了两个浴缸，现在正在疯狂地打扫拉什的乱糟糟的房间。拉什的房间简直像一个鸟巢，蛇皮、敞开的书、各种乐谱、战争宣传画、显微镜镜头、渔具、旧信件和卡片、从邮票集中散落的邮票，还有锤子、锯子、一些钉子、一瓶清漆和一个带有吸管的空瓶被扔在房间中央，床上有两本旧漫画书、一架飞机模型和一本《贝多芬的生平》。正如卡菲所预测的那样，鞋子和衣服被扔在地板上。像蛇无法将自己的蛇蜕挂起来一样，拉什已经本能地想不起挂他丢弃的衣服。这是最让卡菲头疼的。

在鞋子和衣服中间散落着作曲稿。每张顶部都写着"作品三：降E大调奏鸣曲"；下面用较小的字写着"拉什·梅伦迪"字样，在左边用更小的字写着"庄严舒缓地"。

"我的天。"兰迪边看边说。"庄严舒缓地"是她最喜欢的节奏。这是她喜欢的葬礼进行曲的节奏，而且比诙谐曲和快板之类的节奏更容易。在每个和弦之间，你有时间思考下一步。

所有这些乐谱都标注了音符。有的多，有的少，但没有一个是完成了的。这些音符像黑色蝌蚪一样在线条上上下跳动，其中一张纸上用愤怒的红色铅笔写着"这个很差"。

兰迪在房间里尽了自己所能，因为所剩时间不多，主要任务是把东西塞进抽屉和壁橱里。她终于厌倦了，把头伸向窗外，向拉什大喊：

"我不在乎你是不是天才，你必须自己收拾房间的其余部分！"

然后，她去了"办公室"，画了一张大大的海报，写着"欢迎卡菲"。围绕这几个字，她画上了竖琴和天使，所有的天使看起来都像电影明星，只有看翅膀才能看出来是天使。

厨房中传出了香味。锅里慢慢煨着大葱和马铃薯汤，烤箱里的蛋糕发出诱人的香气。莫娜擦了地板，夸脱罐里面的菜就像宝石一样在窗台上闪闪发光，闹钟的声音笃定而安心，只有在有序的厨房才能听到。

梅伦迪家的孩子们对他们一天的工作很满意。他们值得如此满意。

"现在我们所要做的就是把自己清理干净，"莫娜说，"我要穿上我的新白色连衣裙。"

五点钟的时候，威利把罗娜·杜恩套进马车，在缰绳里插上了两朵红色的鱼尾菊，然后他们来到了前门。

"来吧，大家都来，"威利叫道，"去接卡菲！"

兰迪从楼梯扶手上蹦下来。她将欢迎海报贴在了前门上。她穿着干净的黄色连衣裙，鞋子和袜子都已焕然一新。其他孩子一个接一个地出现，看上去都很得体。

"我希望马克能和我们一起去。"兰迪说。

"他要去挤牛奶，"莫娜告诉她，"我猜他会感觉情况比较微妙。"

孩子们都挤进了马车。埃塞克和约翰·多伊也想去，但是不行。它们并排蹲在欢迎海报下的门垫上，目光死死地盯着离开的马车。埃塞克闷闷不乐，它想跑开让大家担心它，但一想起臭鼬的事情，就放弃了这个想法。它平躺下来，喉咙里发出铁匠风箱里的声音，愤懑地瞪着世界，不想理约翰·多伊。约翰·多伊直直地坐在它身边，舌头垂在嘴边，它的眼睛、鼻子和耳朵都快乐地提醒它所有可能发生的事情。

罗娜·杜恩沿着高速公路奔跑，它的鬃毛在夏日的风中摇曳，鞭子在皮套中闪光。没人说话。大人和孩子都因努力工作而享受着闲暇时光。秋天就快到了。空中飘舞着蓟花和乳草的绒毛，在高空，在低地，在每个角落飞翔——在阳光明媚的天空中熠熠生辉，如玄鸟的羽毛。

毛蕊花已败，像旧烛台一样站在牧场上。野胡萝卜花朵卷曲成鸟巢，香蜂花上覆盖着冠状小豆荚。在一个月，不，也许两个月后，万物就会凋零，花花草草只剩下它们脆弱的茎秆。但时间还没有到，空气中仍弥漫着温暖，草地跟叶子是绿色的，懒惰的王蝶无处不在。

"我想知道她是否改变了。"奥利弗说。

"谁？"拉什问。

"卡菲。我想知道她是否改变了。"

"在两周内？我对此表示怀疑。"

"天哪，只过了两周？"莫娜喊道，"感觉就像几个月或几年。想想发生的一切。大火和奥伦的事，让马克和我们住在一起；学习制作罐头，还有其他的事情。我感觉自己长了几岁。"

"我想知道卡菲会不会认为是我们已经改变了。"拉什宁可接受这个想法。

"我怀疑这一点，"威利说，"你们所有人，对我来说也是一样。当然，奥利弗掉了一颗牙齿，也许拉什瘦了一点……"

"这是因为我的食物摄取不足，"拉什叹了口气，"不，我的意思是我们的性格。"

"哦，性格，"威利说，"好吧，时间会告诉你一切。当你是一个孩子的时候，你的性格直，而且简单，可以在一夜之间轻易改变。它尚未定型；当你年长些，它就长好了，就像骨骼的形状一样，定型了；等到你掉光所有的头发，也许你会失去勇气。当你看着报纸时，你有可能很有远见，而当你面对现实时，却变得短视……"

"也许你得了扁平足，或者缺乏幽默感，"拉什插话道，"有可能是动脉硬化，或者是心脏问题，然后你可能会有一套假牙或一套错误的价值观，或者两者都有。唉，我可以说上几个小时。威利，你是不是当过传教士？你的布道还真不赖。"

"好吧，我不说了，"威利说，"记得，你还没有任何性格。它仍然在成长，很容易改变。只是目前看来有一点点软弱罢了。"

"软弱？听着，我的性格很坚强！为什么呢，听着，我……"

"只有一点点软弱，"威利重复道，"你们都是。"

"别忘了，软弱的人也有大智慧。"拉什说。

他盯着罗娜·杜恩的尾巴，想知道自己的性格到底如何。他确信自己有很强的性格，但当他开始认真思考时，似乎并没有什么站得住脚的论据。拉什想知道自己是否慷慨，应该是的。但只有当他想变得慷慨时才行，他并非一个慷慨的人。是否性情温和？是的，但在生气的时候就会变得激烈。"唉，记得我朝莫娜扔木薯粉，她不得不去洗头；还记得我打了胖胖的弗洛伊德·拉莱米；还有那一次……还是最好不要考虑性情。我有才华吗？"拉什陡然快乐起来。当然，他很有才华。他比任何认识的孩子都能更好地演奏钢琴，他能上课赚钱，不是吗？他创作了很多音乐。他想起了"作品三：降E大调奏鸣曲"。他卡在创作之中，没有灵感，如同深陷泥潭。他记起了潦草写下的那张纸："这太差了。""性格"的话题已经把他逼疯了。

"哦，'性格'的话题已经逼疯我了！"拉什说出了声。

"好吧，至少你是一名出色的运动员，"莫娜说道，"而且，你对音乐很在行。"

"是的，你懂如何逗人发笑。真希望我也可以。"兰迪说。拉什意识到他不是唯一一个分析自己性格的人。

事实上，奥利弗是唯一一个没有去想"性格"这件事的人。他正惬意地坐在拉什和威利中间，闻着罗娜·杜恩可爱的气味，幻想着自己捕捉一条十二磅重的鲶鱼，就像提图斯先生那样。

第十二章　事情需要有原则

　　布拉克斯顿车站看起来和任何其他中型车站并无二致。这是一座长而低矮的建筑，缺乏美感，两侧的站台也是如此。布拉克斯顿车站的标志竖在屋顶上缘，像帽子里升起的一张票。

　　站台上此刻有几个人，正目光呆滞地盯着铁轨，铁轨绵延伸向远方，笔直地闪耀着光芒，像巨大的班卓琴琴弦。

　　莫娜和威利待在马车里，奥利弗爬上一辆空行李车，行李车立即变身成了一艘登陆驳船。兰迪和拉什走进车站。

　　站内陈旧而晦暗，有一台老虎机、一个杂志摊和一个铸铁炉，铁炉老旧得好似自内战以后就没动过。长椅被摩挲得很光滑，应该曾有很多人坐过。绕过墙，在售票窗后面，一个绿眼睛的窄脸男人好像在本子上记着什么。

　　"所有车站的气味都完全一样，不知为什么，"兰迪说道，"在一个大城市里，我可以蒙着眼睛，靠气味很快找到车站。"

　　"是的，在售票窗口也总会有一个这样的人，"拉什低声说道，"他们是不是真的活着我都不确定。他们可能是铁路公司从西尔斯·罗巴克①或其他什么地方订购的：'售票员，配

————————
①　百货公司名称。

有衬裤和眼罩，只要24.98美元'。"

兰迪走近杂志摊。盯着连环画书、摄影杂志，以及糖果包装纸看得出神，但她并没有钱。

拉什有一分钱。他把它扔进老虎机里，拉动了杠杆，等待着蹦出点什么东西来。结果什么也没有出现。他再次拉动杠杆，还是没有。他开始撞击机器的一侧并摇晃起来。

这时，戴遮光眼罩的那个人活了过来，至少他的声音活了过来。

"没有用的，"他没有抬头，"每个人都会去试试，但从来没有人成功。"

他们盯着他。

"为什么，坏了很久了？"

"是的，好一阵子了。我想是从三四月开始的。"

"这是敲诈，"拉什抱怨道，"我不介意失去一分钱。但事情要有原则。"

兰迪喜欢他这么说。

"我敢打赌，很多人在那台机器上投了钱，"她说，"这是不对的。他们可能并不在意这钱。但是事情要有原则。"

"好吧，我一直在敦促修理工来修理它，但他一直拖延。"

"我认为你可以自己修，"拉什告诉他，"只需要一把钳子和一个螺丝刀。"

"我敢说我可以的。就像你说的，这是事情的原则。"售票员抬起头，从眼罩下看他们，对他们微笑。他的微笑很友善。

"听着，"兰迪建议，"为什么你不在机器上贴一个小标牌，写上'已坏'之类的？"

"从来没有想过，"售票员承认，"但这主意不赖。五点四十五分下班后，我就马上处理。谢谢你的建议，一旦机器的问题解决了，钱也会退还给你。"

"哦，没关系。"拉什说。

一边往外走时，兰迪一边说："我打赌不是从西尔斯百货商店买的，他们绝不会以24.98美元的价格卖掉他，他太好了。"

站台上等待的人们突然发生了变化。一分钟前，他们还都提着手提箱，打着哈欠，重心从一只脚转移到另一只脚，渴望着说再见。而下一分钟他们变得敏感，一个个站直身体，微笑着说道："它来了！它来了！"人们拎起手提箱，正了正帽子，彼此亲吻脸颊。那些人群中即将离开的人和那些要留下来的人都盯着远处嗡嗡作响的轨道，那里正驶来一小股黑色的青烟。所有人都感到兴奋。事情都处于变化之中，有些在一分钟之内就会有所不同。

奥利弗从他的"驳船"上滚下来，威利和莫娜从马车上跳下来。莫娜挽着奥利弗的手，兰迪抓着她的另一只手。他们站在一起，只见列车缓缓逼近，越来越真切，它很高大，用独眼巨人似的眼睛和鬃毛似的烟雾凌驾于他们之上。孩子们一起在列车经过自己的可怕瞬间畏缩成一团，它如同一白个炉子加起来那么炽热，像爆裂的火山一样响亮。热气吹着他们的头发，脚下在颤动，煤灰直钻他们的眼睛。但这仍是天堂。

乘客陆续走出来。

"卡菲在哪里？"奥利弗一遍又一遍不停地问，"卡菲在哪里？我没有看到她，莫娜，她在哪里？"

"噢，天哪，奥利弗，嘘，她一分钟内就会出来，给她点时间。"

"好吧，可是她在哪里？"

首先映入眼帘的是几件行李。然后是他们熟悉的"挎包"，鼓鼓囊囊，从她的臂膀上垂下。

"卡菲！卡菲！"奥利弗尖叫着，不停地上蹿下跳。当他瞥见卡菲的脸时，他激动地说："她没有改变！她没有改变！"

但是，跟在卡菲身后的是谁？

"父亲！"这时，奥利弗又欣喜地叫着。

孩子们都激动起来。他们冲过去，紧紧地拥抱父亲和卡菲。父亲双手提着行李箱，无奈却快乐地接受孩子们的欢迎，一件行李从卡菲身上掉下。

"真是美好的日子！"她也喊道，"还有水果蛋糕！"

"水果蛋糕！"拉什扑了过来，"卡罗尔表亲怎么样？"

"恢复中，"卡菲说，"而且是个话痨，把明年该说的都说完了。"

"小狗怎么样？"

"很可怕，很肥胖，都被宠坏了。让我想念家里的埃塞克和约翰·多伊。"

威利和拉什负责搬手提箱和其他行李。

"父亲！"莫娜说，"您的公文包外面挂着一条长长的粉红色丝带。是什么？"

父亲低头看着兰迪。兰迪盯着粉红丝带，然后又盯着父亲。巨大的喜悦笼罩了她。

"芭蕾舞鞋！"她低声说道，"哦，爸爸！"

马车里相当拥挤。奥利弗坐在卡菲腿上，两人坐在前座。

父亲在后座上，一边是莫娜，一边是拉什，兰迪坐在他的腿上。手提箱和行李占据了其余空间。

"星期天晚上您还得走吗？难道不能在家住一段时间吗？"兰迪的这个问题更像是一个常规问题，而不是真正的希望。

但父亲说："事实上，这次我可以留得久一些。"

"真的可以？"每个人都喊道，"多久？"

"三周。"

三周，整整三周！天哪，多么幸福！

"没有您，总统先生怎么办？"奥利弗想知道。

"哦，他有我的电话号码。"父亲慷慨地说。

布拉克斯顿镇淹没在了绿色的田野和树林之中。马车飞奔着。每个人都在说着话。父亲不得不再次听到关于马克、大火、农场和其他所有的事情；而他又必须讲讲自己在华盛顿和他看到的人们；卡菲对西奥博德夫人和她的小狗及朋友也有很多话要说；威利报告了母鸡、山羊、罗娜·杜恩的情况，以及其他事情。

他们还没聊够就到家了。

"哎呀，看，"卡菲看到横幅，叫道，"多么漂亮！看看，多好看啊！"

"如果我知道您也一块回来，我也会写上欢迎父亲回来的，"兰迪说，"您知道我会的，是吗？"

"当然，我知道，"父亲说，并给了她一个拥抱，"希望你也知道我为什么把你从我的腿上抱下来，我的腿全都麻了。你长大了，有多重了？"

当他们从马车上解开行李，并跳下来时，前门开了，马克走了出来。他穿着一件干净的衬衫，是拉什给的，还有一件干净外套，头发上的梳子痕迹清晰可见。脚上蹬着自己唯一的一双鞋子，是一双大号的硬头工作鞋，泥巴已被擦掉。看到马克努力将自己的最佳状态展现出来，兰迪的同情心泛滥了。希望父亲喜欢他，请一定让父亲喜欢他，她在心里祷告。卡菲没什么说的，她已经喜欢马克了，不需要浪费兰迪的祷告词。

马克向前跨了几步，带着腼腆友好的微笑。

"梅伦迪先生也回来了！"

"是的，是不是很棒！父亲，这是马克·赫伦。"

父亲抓过马克的手，看着他的脸："你好，马克，我听说了很多关于你的事。"

马克稳稳地看着父亲，再次笑了起来："您好，先生，我也听了很多关于您的事情。"

"我们待会儿一起聊聊。"父亲说完，走进了房子。兰迪将水果蛋糕紧紧抱在胸前，跟在父亲身后一蹦一跳，终于能够舒一口气。当然，现在下结论还为时过早，但她认为会没事的，父亲应该是喜欢马克的。

拉什突然小声嘀咕道："我想父亲喜欢他，难道不是吗？"

这就是拉什的奇妙之处，他似乎常常会想兰迪之所想。有多少女孩能够拥有一个这样令人满意的兄弟呢？

兰迪大声说："是的。"然后她做了一个跳跃和一个旋转，将水果蛋糕扔到空中又接住，因为她无法控制自己的喜悦之情。

"房子看起来很干净，"卡菲惊讶地说，"我做梦都不会梦见家里这么干净。"

"是很干净，"莫娜说，"您摸摸楼梯栏杆，查看一下踢脚线，还有钢琴底下。整个房子毫无细疵。"

"是'毫无瑕疵'！"拉什纠正道。

"好吧，毫无瑕疵。来厨房看看，卡菲。"莫娜平静地说，但声音近于颤抖，"爸爸，您也来。"

他们都来了，威利也来了。

卡菲推开回转门。斜斜的太阳光线照着窗台上的蜜饯罐子，它们像彩色玻璃一样绚丽。

"我的老天。"卡菲说着，走到窗台边，然后又走到架子边上，时不时拿起一个罐子，大声朗读标签，"腌菜、黄番茄、印度风味、桃子、李子、李子、李子。"

然后，她平静地走到桌子旁，呆坐在一把木椅上。孩子们看着她，面露失望之情。

"怎么了，您不高兴吗？"兰迪问。

"高兴！很高兴！"卡菲伤感地啜泣着，"可是当我想起你们这些可怜的小家伙，一切都由你们自己来做，做出这么多这么好的罐头，我真没用……"

"别这样，卡菲，您别这样！"奥利弗流着眼泪喊道。他跳到她的腿上，挠她的痒痒。

"一切都是你们自己做的，那么烫，那么危险！"卡菲断断续续地咕哝着。

"好吧，提图斯先生帮了忙。"莫娜不情愿地说。

"帮忙？！"拉什打开话匣子就停不住，"提图斯先生主做，这两位姑娘是协助。最好为我们其他人留着点眼泪，卡菲，我们好几天没有吃好饭了。"

奥利弗不再挠卡菲的痒痒。她正身穿着她最好的紧身衣，与坦克盔甲一样坚硬。

　　无论如何，卡菲听说提图斯先生帮忙后，反而感觉更好。她擤了一下鼻子，回去检查罐子。

　　"颜色不错，"她说，"我自己也没办法做得更好。小茴香泡菜，嗯，不知道他哪里弄到的小茴香。把所有的西红柿都储存起来是对的。换做我，我会只做几夸脱，这样到冬天之前，我们会有足够的西红柿可吃……"

　　他们把注意力从罐头转移到户外，孩子们带着父亲进行巡查。他们向他展示了向日葵、西瓜地里又大又绿的果实，以及坠弯了枝条的红苹果。

　　当他们回到草地时，父亲对他们说："我对你们完成的所有工作感到非常满意。家里家外看起来都很不错：草坪修剪过，花园保持得很好，房子干干净净，还有那些漂亮的罐头！是的，我很高兴。你们过去几周显示出了自己最真实的性格。"

　　拉什走近威利，悄声说："谁说我软弱来着？"

　　"尽管所有工作都非常出色，"父亲还在继续，"即使这些工作完成得不那么棒，我仍然会很高兴。因为这不仅仅是这段时间内你们的工作质量，而且体现了……"

　　"事情的原则！"拉什和兰迪齐声说。

第十三章　最好的生日

父亲的确喜欢马克。

"我一直都知道他会喜欢马克的，"兰迪说，"我深知这一点。只是表面上还有些不安罢了。"

"谁都忍不住喜欢马克，"拉什说，"他很好，我的意思是，他不是表现得好，而是从里到外的好，就像一个完好马铃薯。"

"马铃薯？"莫娜喊道，"他比马铃薯有趣多了。我们来看看，兰迪，你会把他比作什么蔬菜？"

讨论变成了梅伦迪家的孩子喜欢的游戏之一，被称为"比较游戏"。规则是这样的：有人离开房间或听不见时，其余人决定来猜一个大家都认识的人，无论是名人还是熟人。当走开的人回来时，他只能从这人的性别猜起。然后他问第一个问题："他有什么颜色的属性？"得到提示后他问下一个问题："他像是什么动物？"或者像是什么蔬菜、鸟类、宝石、花或树，甚至是天气。你不知这游戏多么有趣味，大家能够多快猜测出这人的身份。例如，卡菲的颜色无疑是白色，她就像一只鸽子或猫，像一颗珍珠，或者一朵健康的大大的多层玫瑰花；

而奥伦那样的人，就可以与黄鼠狼、偷鸡的鹰、防风草和芥末黄这种颜色相比。

大家认为马克是那种好的黄金侏儒玉米、塞特犬①、草原百灵、枫树，还有许多其他有趣且合理的东西。目前为止，他们已经给予了马克最高的评价。兰迪和拉什（奥利弗鄙视这个游戏）一致认为他的性质偏阴柔，应该是天鹅绒般紫色三色堇，像黑蓝色宝石，像勃拉姆斯的一首曲子（当然是拉什想出来的）……当莫娜猜测时，她曾暗中希望这个人不是自己。但孩子们确实曾经这样玩过一两次，他们面带无辜地回答毫无戒心的提问者。

"她像哪种蔬菜？"莫娜问道，头发自然地甩了一下。

轮到兰迪回答：

"哦，她不像世界上的任何蔬菜！一点都不像蔬菜！"

莫娜的希望被点燃。因为在很久以前，他们曾经用莫娜作为猜测对象，孩子们很容易就将她比作一个黄瓜。黄瓜！这是她永远不会忘记的事情。

但拉什并没有直视兰迪的眼睛。"她就像一个洋葱，"他梦幻般地说，"这个人就像一颗非常光滑、洁白的洋葱。"

"拉什！"兰迪叫道，"洋葱！你怎么能认为是这么可怕的东西！"

战斗打响了，战斗的中心转移到了莫娜身上。原本的猜测对象其实是海蒂·拉玛②。

这时，父亲在叫孩子们："你们都在哪里？"

"在'办公室'里，爸爸，您想要我们过去吗？"

---

① 一种人工培育的猎鸟犬。

② 美国影视明星、Wi-Fi的发明人。

"不，我会上来的。你在做什么？"

"哦，只是打架，"莫娜说，"但并不严重。"

父亲走上楼梯。他环顾"办公室"："马克在哪里？"

"他去奥伦的农场了。"

"好，我希望我能在他独处时找到他。"父亲站起来，手肘拄在钢琴上，好像他即将发表演讲一般。

"我们做了什么坏事吗？"奥利弗说。

"不，不，至少我还没听到。是关于……"

"是关于我的生日的吗？"奥利弗问道，"您想我回避？"

"不，不需要。其实是关于马克的。"

"哦。"

他们都盯着父亲，父亲拿起一张乐谱，仔细看着，却目中无物。他又将乐谱放下。

"你们怎么看马克？"

"我们都认为他棒极了，是我们遇到过的最棒的人。"拉什说。莫娜和兰迪热烈地同意，奥利弗说："您知道他会翻跟头吗？"

"我明白了，你们认为应该怎样对待他？"

"什么，爸爸？"莫娜说，"这就是我们要问您的！"

"我知道应该怎样对待他，"奥利弗说，"他应该继续和我们一起生活。"

"奥利弗说得对，"兰迪说，"这也是我们大家的想法。我们难道不能接受他吗？"

"或者真的收养他？"拉什补充道。

"如果花费过高，我们以后可以不要任何零用钱。"兰迪说。

"您可以拿走我广播电台报酬的绝大部分来供养他，"豪爽的莫娜表示，"我只留下足够的钱来买火车票、袜子和一些其他东西。"

"我会在开学后多收些学生，教钢琴，我也可以贡献力量。"拉什说。

"马克也会帮忙的，"奥利弗说，"他是一个非常懂事的男孩，他什么都懂。我们会从他那学到很多阵菌的正确名称……"

"真菌！"父亲心不在焉地纠正了他。

"真菌、昆虫和植物。他会教我们所有关于树木、鸟类和大自然的东西。"

"这难道不好吗？"奥立弗用近乎绝望的声音恳求，父亲忍不住笑了起来。虽然其他人没有笑。他们都坐在那里，无声地恳求，希冀的眼神在每个人脸上都找得到。

"拜托，爸爸！"兰迪肯求道。

"如果我们不要他，他就必须去孤儿院，或者被陌生人收养。"拉什甚至威胁道。

"好吧，"父亲终于说，"你们知道，这是一个重要的决定。收养一个婴儿是一回事，收养一个十三岁的男孩又是另一回事。"

"那不是更好！"莫娜积极地说，"因为他可以说话、走路，也不用喂他吃饭。"

"而且您也很清楚他长大会变成什么样子，"拉什表示同意，"可是，您永远也不会知道一个婴儿会长成什么样的人，他可能会成为一个不诚实、小气或虐待动物的人。"

"我担心的不是马克会变成什么样子，"父亲承认，"从他的脸上我们能看到诚实、勇气和可靠。他也知道如何工作，而且他很聪明。"

"是啊，您亲眼所见！"拉什大声说道，"他甚至对我们产生了有益的影响！"

"呃……"父亲在钢琴凳上坐下，反射性地摸了一下琴键。他的手指放在上面，声音在空中颤抖，逐渐消失。当听不到声音时，父亲从琴键上拿开手指，转身面对孩子们：

"但是，或许他根本不想被收养。"

"爸爸！"兰迪狂喜地尖叫，然后扑在父亲身上。拉什说父亲太棒了，莫娜说父亲太好了，奥利弗用重重的跳跃表现出了他的认同："哦，天哪，哦，天哪！"

父亲把孩子们从自己身上甩掉，然后站起来："我想我应该去农场和马克谈一谈。"

"您现在要去告诉他吗？"兰迪问，"邀请他被我们收养？"

"正式地邀请他。"父亲回答。

"卡菲呢？也许她会不高兴。"莫娜说。

"卡菲会高兴的。"父亲说，"在过去两周里，卡菲一直在暗示我她的想法。"

"哦，父亲，您真是太好了！"兰迪禁不住说。

"有时我也不得不同意你们的想法。"父亲说着，下楼去了。

梅伦迪家的孩子们非常高兴，但他们突然安静下来。莫娜拿起了她的广播稿，试图钻研语句；奥利弗翻开一本书；拉什坐在钢琴凳上，开始轻声演奏；兰迪爬上了穹顶的台阶。那里床铺整洁，挂着几件衣服，露脚趾的鞋子并排摆放在椅子前，就像一个不安的访客正穿着它们。兰迪认为马克会是一个整洁的兄弟。她朝北看向迦太基，她想，穹顶在冬天一定非常冷，到了冬天，马克可以住在克拉琳达房。这间房间已经很久没人居住，有人住在里面是件好事。

突然之间，莫娜有了一个可怕的想法。她一说出来就打断了拉什的音乐、兰迪的遐想，以及奥利弗对《杜利德医生》①的第三次艰苦阅读。

"也许他根本不想被领养！"她说，"也许因为他太过骄傲、独立或其他什么原因。也许他会拒绝。"

"别傻了！"拉什告诉她，"他肯定不会。"

好情绪也被破坏了。但拉什开始重新演奏，这一次他直奔勃拉姆斯的狂想曲，这是一段令人躁动疑虑的精彩音乐。

在父亲和马克回来之前，好像过了好几个小时那么久。孩子们焦急地等待着。兰迪又回到了穹顶，她是第一个看到他们回来的人。他们从车道走过来，父亲的手臂搭在马克的肩膀上，马克抬头看着他，微笑着说话，看上去好得不能再好。

"你在那看什么呢？"拉什说。

"他们很好！"兰迪高兴地喊道，"我看到他们回来了，就像父子俩一样！"

但事实证明，收养马克的事情并不像起初想的那么简单。梅伦迪家不能像收养流浪小狗一样把他带回家，什么问题也不涉及。各式各样的人问了各式各样的问题。

首先，有银行。迦太基银行在奥伦农场的抵押贷款中获得了最优厚的利益。国家社会福利部门则关心马克·赫伦的命

---

① 儿童小说，书中的主人公约翰·杜利德是一位心地善良、能和各种动物说话的医生兼自然学家。

运，所以县儿童救助会询问他的去向；另外一些私人如迪莱西兄弟、塞德里克和菲茨罗伊，他们希望知道米克的狗、庄稼以及牲畜中的汉普夏猪的事情，还有些人询问奶牛；赫伯·乔伊纳先生、艾迪森先生和其他几位农民希望雇佣马克；甚至还有一封来自瓦尔德马尔·克劳措辞优雅的信件，声称为他提供舒适的住所："不幸的孩子，这个孤独的孤儿，被剥夺了每一个孩子与生俱来的权利：一个安全的家庭和成年人的指引。"

"哦，是吗？"拉什说，父亲给他读了这封信。

"听起来像是一场布道或者一场竞选演讲，"父亲说，"这位先生是谁？"

"他只是个普通人，同时是个银行劫匪。至少他们都这么说。"拉什的回答言之凿凿。

"哦，是吗？跟在平常遇到的所有人都一样？说到认识，你是怎么认识这个家伙的？"

"我还是跟您说实话吧。"拉什坐了下来，告诉父亲在林子里发生的事情。父亲气坏了。

"听着，你这个不知深浅的傻孩子，你知不知道你有可能被铅弹打成筛子？或者严重受伤？不要让我再听到你做类似的危险事情，明白吗？"

"别担心，爸爸，"拉什说，"不会再发生了。我再也不会那样冒险了。"

第一个来拜访他们的人是来自社会福利部的儿童工作者戈尔丁夫人。父亲在他的书房里接待了她，他们的谈话被打断了四次。一次是奥利弗，拿着自己在小溪里捕到的一条大羊头鱼。

"我本来钓不上来，"奥利弗颇有节奏地说，他举起鱼，鱼身上的水滴在地毯上，"您看，开始时，鱼线被一条死树枝缠住了，树枝从水面伸出来，所以我准备走到水里把它解开。我也是这么做的，然后……"

"没错，"父亲说，"很好，奥利弗，你可以之后再给我讲。"

"哦，我现在有时间，"奥利弗兴高采烈地说，"也许这位女士也想听听。"

"之后再讲，奥利弗。"父亲坚定地告诉他，奥利弗终于明白了，慢慢走向门口。可是他突然转过身对戈尔丁夫人说："能在今天抓到这条鱼真是太幸运了。因为今天是我的生日，我八岁了。"他等到了戈尔丁夫人的祝贺，他很高兴，带着鱼离开了。

戈尔丁夫人和父亲又继续聊了一段时间，然后突然从半开着的门口飘进来一个人，那是莫娜无意识的身影。她脸上带有一种奇怪的梦幻般的表情，身上戴着旱莲花环，手里还拿着一朵。她像梦游的人一样目光平视，边走边抬起一朵鲜花，用一种令人毛骨悚然的声音说："迷迭香，那是为了纪念：你祈祷，去爱，去记忆；还有三色紫罗兰，是为了想念；给你小茴香，还有斗草和芸香，留一些给我：我们可以称它为礼拜日的恩典草药……"她的声音又飘忽着远去了。

戈尔丁夫人显然被吓着了。确实，她看起来很警觉。父亲不安地看着她。

"我女儿莫娜，"他解释道，"她的精神很健全，尽管有时候疯疯癫癫。只是因为她希望成为美国的莎拉·伯恩哈特[1]，最近我们不得不忍受大段的奥菲莉亚[2]台词。这就是您刚

---

① 法国女演员。

② 莎士比亚剧作《哈姆雷特》中的人物。

才看到的疯狂场景。"他补充道，其实没必要说。

戈尔丁夫人善解人意，她大笑起来，直到流出眼泪。

第三次中断是由兰迪引起的，她进来要二十分钱。

"我在给马克织毛衣，需要再买一个线球，"她说，"我已经透支了所有零用钱。"

父亲毫不迟疑地从口袋里掏出了二十五分钱给了她。兰迪举着半成品绿色毛衣给父亲看。

"总是漏针，搞得我筋疲力尽，"她说完转向戈尔丁夫人，"每天晚上我都会找到新的漏针的地方，然后不得不拆掉。我感觉自己就像每晚拆掉衬衫的奥德修斯①的妻子，尽管我连个追求者都没有。"她若有所思地补充道。

"快走吧，兰迪！"父亲说。孩子们试图营造的友好气氛已让他感到尴尬。

兰迪离开后，父亲又转向戈尔丁夫人："现在我想说的是关于马克的教育问题……"

此时，埃塞克和约翰·多伊突然闯进书房，伸着舌头，追逐着跑来跑去，然后又跑开了，整块地毯都被堆成一团。

父亲叹了口气："好吧，正如我所说的……"

但戈尔丁夫人合上了她的笔记本，放入了公文包中。

"没关系，"她说，"我已经了解到了关于马克未来住所的一切信息。但我还是想亲自看看这个男孩。"

"当然，"父亲指着窗户说，"他在那。"马克正在车道上摇摇晃晃地踩着高跷。拉什在他旁边，也踩着高跷。这是他

---

① 古希腊神话中的英雄，又译"俄底修斯"，献"木马计"攻破特洛伊城。因奥德修斯征战久未归家，人们都以为他遭遇了不测。他的妻子为了拒绝众多的求婚者，借口说织好寿衣后才会改嫁。于是她白天织布，晚上又拆掉，以此拖延时间。

们在昨天下午下雨的时候做好的。

"我很快就要试试把高跷的上端紧紧地系在我的腰上，看看是否可以不用抓住高跷走路。"马克告诉拉什。

"马戏团小丑就是那样走路的。"拉什同意道。突然他踩在砾石上，摔了一跤。

"我叫马克过来。"父亲站起来说。但戈尔丁夫人说："不，不要打扰，他看起来玩得很开心，"她微笑着说，"直觉告诉我他将继续拥有他现在的生活。他是一个非常幸运的男孩。"

"同时我们也是一个非常幸运的家庭，"父亲告诉她，"马克是个好孩子。"

他们走出了前门，奥利弗正在《迦太基邮报》上清理他的鱼。

"如果你考虑合法收养，你必须在代理人法庭上提出来。"她说。

"我们会让马克决定。"

"忧伤门庭院，忧伤门庭院，"奥利弗悲哀地自言自语，鱼鳞在他身上飞舞，"我永远不会回到忧伤门庭院。永远不要，哦，永远不要回到忧伤门庭院！"

戈尔丁夫人帅气的蓝色小轿车在车道转弯处消失时，兰迪的头从楼上的窗户探了出来。

"她说什么了，爸爸？马克现在真的是我们家的一员了吗？"

父亲抬起头，笑道："如果他想的话。"

"哎呀！"兰迪大叫一声，从楼梯上跑到父亲身边，隔着草坪向男孩们踩高跷的地方大喊。她跑过去冲动地搂住马克，把踩着高跷的男孩吓了一跳，幸运的是他没有受到严重的伤害。莫娜和奥利弗几乎以相同的速度跟着兰迪跑过去，拉什从高跷上跳下来，拍拍马克的后背，马克差点咳了出来。

"我们现在都是一家人了！一家人了！"兰迪尖声叫着，在他们周围跳舞。

马克从他们身边跑开，穿过草坪来到了父亲身边。

"您确定您要收养我吗，梅伦迪先生？"

"我们确定，马克。你呢？"

"我？"马克说，"我的天哪！"

拉什后来说，马克那会儿惊讶得就好像吞了一座灯塔似的。

这一切都发生在奥利弗生日的那天，莫娜提出了一个建议。

"让我们来庆祝吧！我们举办一个野餐派对，而不仅仅是一个普通的餐厅派对。"她说，"我们带着奥利弗的礼物，还有蛋糕。我们回家后还可以吃冰淇淋。"

他们讨论去哪里野餐，最后，拉什记起了马克曾经说过的那个洞穴。

"我们可以去那里吗？带着野餐篮子和其他东西？"

"当然，我们可以先骑行，然后在树林里走一小段路。"

这是一个温暖的九月，到处金黄一片。卡菲和莫娜以及父亲和威利带着所有的餐具和礼物上了马车，生日蛋糕被小心翼翼地安置在卡菲的一个帽子盒里，帽子的名字叫"小个子艾维特"[1]，用绿色的字体手写在盒子侧面。其余的每个人都骑自行车，甚至马克也骑了，莫娜把自己的借给了他。他仍然骑得

① 原文为法语。

157

不稳当，但越来越好。埃塞克和约翰·多伊跟在自行车旁边，罗娜·杜恩也快乐地走了起来。

马克带领他们沿着一条陌生的路前进，在走了一两英里后，他停下车，说剩下的路需要步行。他们将罗娜·杜恩绑在一棵周围有很多草的树上，藏好自行车，每个人都带着自己的东西进了树林。

"你还说这路不远？"拉什提着篮子、毯子和热水壶抱怨道。

"之前从没觉得远，"马克说，他也提着差不多的东西，不停地出汗，"当然，之前也从没带过东西。"

卡菲断后，她带着帽盒里的生日蛋糕。她慢慢地走，尽量避开小树枝，看起来满脸厌烦。卡菲不喜欢被无拘无束的自然包围，她喜欢那种将割了的草绑起来，保持整洁的"自然"，比如在家里的后院。她对于无意识的卷发、林下植物、昆虫以及未修剪的林木毫无兴趣。

压倒大家的最后一根稻草是一条又短又陡峭的山路，路上满是尖锐而茂密的植被。大家费了好大的劲儿才终于爬了上去，累得上气不接下气。纸杯从莫娜的篮子里掉出来，从山坡滑了下去，她很沮丧。威利抓住藤子，绝望地说："希望这些不是毒藤子！"而卡菲，她整齐的灰发都卷了起来，她喘着粗气说："希望我们到那里时，一切都是值得的！"

他们从山顶又稍微下降一些，发现自己置身于宽阔的砂岩岩壁旁。

"就是这了。"马克说。

最终，一切都是值得的。在山的这一边，山坡好似突然被削掉一样，直接进入一个山谷。桦木、山茱萸等浆果树丛就在他们脚下。目之所及都是郁郁葱葱的山谷，一个接一个，无休无止，却彼此和谐。蓝天之上是巨大的积云，像空中悬挂着纹丝不动的大陆。

"天哪！"兰迪说，拉什发出一声长长的哨音。卡菲重重地坐在一块岩石上，用纸盘扇起风来，并说她很喜欢这里的风景。

"但是洞穴在哪里？"奥利弗转向马克，问道。

"看，"马克告诉他，"转过身来。"

奥利弗转身，看到靠近悬崖的地方生长着茂密的蓝色杜松树丛。

"除了灌木丛，我什么都看不到。"

"刺很多，"马克说，"跟紧我。"

他推了一下杜松丛的正中央，奥利弗跟在后面，喊了一声"哎呀！"

"马克？你在哪里？"他突然叫道，但马克消失了。他又推开一点，多刺的树枝在他身后猛地撞在一起，他发现自己站在岩洞的入口。那里黑暗而隐秘。

"马克？"奥利弗含糊地又喊了一声。

"进来！"马克在阴影中低声说道。

奥利弗走了进来，立刻感到凉爽而宁静，一股黑暗、潮湿、古老的味道扑面而来。杜松做成的蓝色屏障遮蔽掉了大部分日光。

"咱们吓唬吓唬他们吧，"马克低声说，"大声喊出你自己的名字，看看会发生什么。"

奥利弗张大了嘴巴，大叫着自己的名字。瞬间，回声在洞穴中回荡："奥利弗——利弗——利弗——弗——弗！"

"现在喊'救命'！"

奥利弗听话地叫着："救命——救命——命——命！"

洞外立刻响起嘈杂的碰撞和叫疼的声音。拉什拼命向里看，却什么也看不到。

"你们在吗？"

"快进来喊啊，"奥利弗邀请道，"比中央公园的隧道好玩得多。"

接着，莫娜和兰迪出现了，洞穴里立刻充斥着呐喊和奇怪的问候。

"你好——你好——好——好，傻瓜——傻瓜——瓜——瓜！"

埃塞克和约翰·多伊放大了的吠声让局势一度混乱。父亲和威利终于推开了树丛，看看里面发生了什么，卡菲仍留在原地。她在洞穴里帮不上什么忙。"潮湿的地方，真讨厌，"她说，"他们在家里地下室也能喊叫啊？有什么差别！"

父亲和威利带来了手电筒。旋转的光圈照亮了粗糙的岩石墙壁和洞穴的沙地，里面堆满了坚果壳、樱桃核、干枯的骨头和羽毛，时不时还有爪印，马克说那些长长的痕迹是蛇的。埃塞克和约翰·多伊兴奋地走着，鼻子贴着地面，尾巴激动地颤抖着。显然，这个山洞里发生了很多事情。

父亲问："你是怎么找到这个地方的，马克？它隐藏得很深。"

"梅伦迪先生，有一次我在暴风雨中被困在这里。那可真是一场糟糕的暴风雨，天空好像裂开一样，瞬间倾盆大雨，还有冰雹，冰雹很大，打在头上像石子一样疼，所以我挤进了杜松丛。但是树丛并不能遮雨，我一直往后推，希望灌木丛和岩石之间会有小裂缝。可我突然被自己推入了洞穴。天哪，吓了我一跳！”

“有很多蝙蝠挂在那里，跟预料的一样。”威利说，他的手电筒在天花板上来回照着。他们都抬起头来。乍一看像是厚厚的苔藓或真菌，现在来看是一个蝙蝠群。它们不停地做着小动作：伸伸爪子，展展翅膀，转转小耳朵。现在每一只都沉默了，最微弱的摩擦声都听得清清楚楚。

“太恶心了！”莫娜突然尖叫起来，冲到入口处。兰迪也尖叫着，缩成一团。

“姑娘们！你们对蝙蝠来说，可能也很恶心。”拉什耐着性子说道，“嘿，马克，你有没有在这里找到任何东西？比如印第安老物件、人骨或仿制钱币之类的？或者是旧武器、秘密地图？在书里，人们总是能在洞穴中发现这类东西。”

“是的，这也是我一直想找的。但我发现的只有一个老牛铃。”

“也许你没有努力找，”拉什坚持说，“这样的地方对于想隐藏东西的人来说简直太好了。也许我们可以挖挖沙子。试试又没有害处。因为如果我是强盗，我一定会把赃物埋在这样的山洞里。”

“好吧，如果你们想的话，就搜索一下，”父亲说，“你可以拿我的手电筒，但时间不能太长，否则电池会耗尽。”

父亲和威利再次穿过杜松屏障。奥利弗也一起走出去了。其实他并不在乎蝙蝠有多恶心。

马克和拉什孜孜不倦地搜寻着这个洞穴，他们用棍子在沙地上刮着。

“我跟你说，”拉什大声说道，“我们应该把这个洞穴当作一个藏身处。我们可以把东西留在这里，比如罐装食物，装在铁盒里的饼干，还有姜汁啤酒什么的。我们俩可以来露营，整夜待在这里！"

"主意不错，"马克兴奋地表示赞同，"我们可以把它变成一个真正的营地。我们可以收集大量枯木堆放在这里。那样我们就会一直有柴火。如果我们想阅读，还可以带些书和漫画来。"

"是的，拿些蜡烛，还要带一把刀来保护我们……"

时间飞逝，伟大的计划就这样促成了。他们仍用棍子在沙地上刮着，什么也没找到；头顶的蝙蝠不习惯黄色灯光，不停地扭动身体，发出响声。

"来，吃点东西吧！"兰迪突然喊道。

外面，平台上生了火，盘子和杯子都放好了，兰迪、莫娜和父亲在火上烤着热狗。

这次野餐太成功了。生日蜡烛燃烧着，所有的礼物奥利弗都喜欢。他特别喜欢父亲给他的鱼篓。提图斯先生贡献了大量花生酱软糖，马克制作了各种大小的柳树哨子，梅伦迪家的老朋友奥丽芬夫人给他寄来了一本关于飞蛾的大开本书，上面有丰富的图片。

每到这种场合，奥利弗都会脸色苍白，无法进食，只让快乐浸润着自己。

他们一直待到太阳下山。然后一件吓人的事情发生了。蝙蝠陆续从洞里飞出来。数十只一波，它们在杜松枝之间躲避，在火焰上拍打翅膀，在暮色中盘旋着前进，吱吱叫着，声音细小而尖锐。大约有成百上千只，它们离平台上的人很近，大家感觉到空气也被搅了起来。

莫娜迅速平躺在地上，用胳膊捂住头；兰迪钻进了父亲怀里，将自己的脸埋在父亲的外套里；奥利弗扑在卡菲身上，卡菲抓住她眼前的第一件东西——野餐篮子，把它扣在头上，把手捂在下巴上。

"它们从来不会真的钻进人头发里，卡菲，"父亲说，"这只是迷信。"

但是卡菲拒绝取下篮子。她把篮子骄傲地扣在头顶，一只胳膊环绕着奥利弗，像是个奇怪的非洲部落女人或女祭司。只有在蝙蝠全部飞走后，她才会把篮子取下来。

他们在黑暗中下山，花了相当长一段时间。一切事物在手电筒灯光的照射下都变得更大。大家多次滑倒、绊倒。锡杯和叉子在野餐篮子里叮当作响，奥利弗一直打嗝儿。他们终于到达罗娜·杜恩和自行车耐心等待的地点时，所有人都松了一口气。

但奥利弗的生日还没有结束。他们回到家又吃了冰淇淋。然后互道晚安。可是还没过几分钟，奥利费就穿着内衣飞奔下楼梯。

"要去哪？"拉什问道。

"我的天蚕！"奥利弗喘着气，"是我的天蚕！它孵化了，来看看！来看看！"

"他的什么？"卡菲边问边随着众人走上楼梯。

"他的飞蛾，"拉什说，"就是那个结绿色虫茧，可以做扣子的。这虫子一定是个怪胎，孵化了六个月。"

他们全都来到奥利弗的房间，在窗帘上挂着一个美丽的小东西。它有宽阔的天鹅绒般的翅膀，边缘呈红色，宽宽的流苏触角。每个翅膀中间都有一个新月图案。

奥利弗凝视着它，内心充满喜悦，这是他的杰作。

"太棒了！"他叹了口气，"和我的露娜差不多。"

"什么露娜？"拉什说。

"哦，是我看到的一个月形天蚕蛾。爸爸，它是不是很漂亮？"

"它很完美，奥利弗。"

"卡菲，它不漂亮吗？"

"真漂亮，"卡菲不得不承认，"我的天，它这么大，幸好不是吃衣服的那种。"

"你会放它走吗？"莫娜问。

"是的，现在就放。我希望它在夜晚变冷之前玩得开心。"

奥利弗抓住他的小网，走出了房间。

"奥利弗！"卡菲叫道，"穿上些衣服！"

但奥利弗没有回头，其他孩子跟在他身后。他们走到昏暗的草地上，奥利弗打开网。柔软的动物爬到他的手指上，它犹豫了一会儿，然后震动翅膀飞了起来，消失在了黑暗中。

马克看着，心想：我跟这飞蛾一样。一直蜷缩在一个茧里，黑暗而不安，现在我和它一样自由了。当然，他并没有说出自己的情绪，否则会听起来很傻气。他不停地思考这个问题，以至于不得不在头脑深处发力，才能甩掉这个想法。他追赶着拉什回到了室内。

奥利弗和莫娜也回到了房间，而兰迪去散了一会儿步。

整个世界都是她的。天很黑。万物都让她感到害怕——移动的阴影，云杉树的忧郁叹息。一片落叶轻轻抚摸了她的脸颊，她吓得跳了起来。她快步跑向向日葵，向日葵发出微弱的沙沙声，就像高大的人在呼吸，这也让兰迪害怕。她转过身向小溪走去。

　　大地似乎在颤抖，在歌唱，它依靠昆虫的鸣叫无休止地震动。牧草的香气从迦太基附近的牧场飘过来。兰迪在草坪的尽头转身，看着"不三不四"的小别墅。窗户全开着，大部分都被灯光点亮了。房子就像一个又大又通风的灯笼。不时传来说话和洗澡水流淌的声音。在"办公室"里，拉什正在练习他的舒曼；在他房间外面的马厩里，威利正在用录音机录自己说话；莫娜的收音机发出空洞的声响；埃塞克发出了一声吠叫；父亲啄木鸟似的敲打打字机。兰迪听着所有这些熟悉的声音。啊，这是生活的声音啊。

　　她还可以想见房子里正在发生的事情。卡菲在奥利弗的窗前走来走去，大概正在收拾脏衣服，准备明天的干净衣服。拉什在"办公室"弹钢琴，马克坐在旁边听着，用铅笔在背上挠痒痒。在楼下的书房中，父亲的头部侧影映在打字机上，眼镜耷拉到鼻尖。

　　兰迪独自玩起了一场她之前玩过的游戏。她假装是一个陌生人，一个异乡的流浪者，在经过一段漫长而孤独的森林之旅后，意外来到了这座房子。

　　她站在阴影中，看着窗外的光线在草地上勾勒出长长的方形。她听到许多声音，看着卡菲缓慢走动，两个男孩在钢琴旁，父亲在他的办公桌前。

　　兰迪叹了口气，似一个孤独的朝圣者。她想，那所房子里的人都是快乐的，并试着感到一丝渴望。感觉是这个游戏的主旨，一切都看似真实。过了一会儿，当她告诉自己那是你的房子，里面的人是你的家人，你是它的一部分时，那种如释重负的感觉真是太痛快了！

■ 新兄弟

她迅速跑过草地，猛地推开前门，所有小飞蛾都从纱门上震掉了。

她跑上楼去奥利弗的房间。他坐在床上穿着蓝色条纹睡衣，今天最后一次检查他的生日礼物。

这是奥利弗·梅伦迪，我的兄弟。她试着用陌生人的眼光盯着他——他看起来像是个好小孩。

"你的生日过得开心吗，奥利弗？"她问道。

"是的，我很开心，"他回答，"这是我一生中最好的生日，除了直升机，我得到了我想要的所有东西，而且我真的没奢求直升机。我抓住的羊头鱼好大！我的天蚕孵化了！我得到了一个兄弟，他不是个小婴儿。是的，我很高兴。"奥利弗说得很慢，好像在仔细衡量他生日里每个事件的价值，"我想，如果选出今天发生在我身上最好的事情，那就是找到马克这个新兄弟。"

第十四章 一票一人

奥伦的农场抵押给了银行。剩下的那点钱不得不填了他的旧债。马克失去了农场，并没有难过。现在它只剩烧毁的房屋，黑色的树干，以及各种残骸，似乎代表了他过去生活中的所有凄惨遭遇。让它去吧，马克想，都去吧。这辈子都不想再见到。

"尽管没有了农场，"父亲说，"但现在这一切都属于你。你是奥伦唯一的亲戚。你现在有七头奶牛，一群役马，一对相当不错的汉普夏猪，以及十六头猪和一些鸡。还有一些破旧的农机。我们该怎么处理这些？"

"我可以请您收下一两头奶牛作为礼物吗，梅伦迪先生？"马克提出的建议就仿佛他在给人巧克力那么轻易，"猪怎么样？如果您都收下，我会很乐意的！"

"以前从来没有人给过我奶牛，"父亲若有所思地回答，"我非常想要几头。我们这里没有足够的重要工作给役马来做；我觉得我们不需要猪；也许多几只母鸡，威利会高兴的。"

所以在那之后，"不三不四"的小别墅就有了三头奶牛。它们和罗娜·杜恩、一头叫珀尔塞福涅的山羊和它的女儿波西蒙（意为"柿子树"）住在马厩里。早晨挤过奶后，拉什或马克把它们赶到牧场；晚上，奥利弗又把它们赶回家。它们从肋骨突出的瘦牛变得圆润而又仪态优美。它们的铃声整天叮叮当当地响，时不时会听到一声遥远的"哞"，仿佛有人在吹海螺壳。

至于剩下的家畜，莫娜想出了解决办法。"拍卖它们，"她建议，"但是要在这里拍卖它们。我知道了！我们可以举办一个集市——有表演，也可以卖东西或其他的，为红十字会捐款什么的。（当然马克的牛钱不捐，他自己会需要这些钱的。）"

每个人都认为这个想法非常好，融合了商业、娱乐和善行于一体。

日期定在九月中旬的一个星期六。父亲答应到时会回家。

父亲三星期的假期结束了。行李已装好，公文包掸掉了灰，重新变得鼓鼓的，显示它的重要性。此外，父亲比之前重了六磅，还拥有了一副健康的古铜色皮肤。

"真希望您能一直待在家里。"莫娜叹了口气，脸颊贴着父亲扎人的袖子，"我们一起度过美好的日子，您也不会总是愁眉不展的。"

"愁眉不展？"父亲说，"一定是因为五角大楼的关系。啊，好吧，如果只是为了没有愁苦的脸，也该舍弃一些东西了。"

"爸爸，看您说的！"莫娜说完，给了父亲一个拥抱。

看着父亲离开，孩子们都很难过。一直如此。但这一次他们有很多事情要去规划——要召集一个集市，还要去上学。

父亲离开的第二天就开学了。早上，孩子们看起来都焕然一新。女孩们穿着干净的毛衣和裙子；每个人都齐整地穿着鞋子和袜子；他们的头发干净，并且仔细梳过。埃塞克和约翰·多伊不明就里地在早餐桌周围徘徊："他们要去哪里？"两只狗互相问道："他们怎么了？他们的鞋子都有鞋油的味道！"

早餐后，孩子们各自忙着，有的飞奔着上楼，有的忙着找铅笔盒和本子。终于，他们准备好了。威利把马车驾到前门，几个孩子都挤上了车。

卡菲站在门口台阶上，最后嘱咐着："奥利弗，要用手帕；莫娜，午餐时看着奥利弗喝光牛奶，还有马克的；兰迪，别把身子那么探出去；拉什，你没有带毛衣……"

但马车已奔出很远。"太迟了，卡菲！"拉什喊着，他此刻像风一般自由。

"我的天哪，这些小孩！"卡菲嘟囔着走进房子。这时，没有了孩子们的喧闹，房子显得又大又空。空气中似乎仍弥漫着他们刚才的急躁和吵闹。

埃塞克坐在一片阳光下，使劲儿挠着耳朵，然后就睡觉去了。卡菲站在客厅中间，陷入了沉思。突然，她跑到杂物间，拖出吸尘器。她无法忍受寂静。

但到了第二天早上她就习惯了，甚至更喜欢这份宁静。

至于孩子们，他们的生活非常忙碌。学校里有新老师、新教室、新面孔、新教材；放学后还有家庭作业，以及关于举办集市的激动人心的讨论，涉及各个方面。

莫娜决定把它办成一个儿童博览会。一切都由孩子完成。她和达芬·艾迪森，以及她们认识的所有女孩都会制作蛋糕、饼干和糖果；男孩来负责装饰和展位等。还会有摸彩、算命和演出。梅伦迪家的孩子最喜欢演节目了。

下午回到家时，孩子们尽快写完作业，就像把作业当成药一样尽可能快地吞到肚子里。然后他们立即投入到召开集市的重要讨论中。

莫娜（是算命大师）拿着一本手相书踱来踱去，在家人的手上不停练习。她总是抓住别人的手，说："你会活到一百岁；你总能逢凶化吉；你将有五个孩子，或者你可能要结五次婚。"然后又去书中寻找确认。

"你的头部线条很好，"她告诉威利，"而你的发际线又清晰又好看。但是这又是什么？好吧，我不知道它到底意味着什么，但我知道这很有趣。等我到书里找找……"

"这意味着我三十年前刨土豆的方式不对，"威利直截了当地说，"这是一个疤痕。"

兰迪为演出练习舞步。她还画了海报，贴在了迦太基邮局、学校体操房和埃尔德雷德银行。

拍卖和集市！
9月18日下午3点
地点："不三不四"的小别墅
牲畜拍卖
蛋糕售卖和音乐会
娱乐和点心

来吧，都来吧

门票五毛钱，捐给红十字会

　　奥利弗制作了门票。他把硬纸板剪下来，用彩色蜡笔写着
"一票一人"字样。他一晚就做了很多，以至于睡觉时一闭上
眼睛，总能看到"一票一人"几个字。

　　拉什和马克用锤子和钉子敲敲打打，但实际上需要建造的
东西并不多；莫娜要用凉亭来算命；艾迪森家为室外摊位贡献
了两个帐篷；动物被拴在马厩里（猪除外）。马厩里还有一些
木板，拉什和马克两人都喜欢建造，所以他们在小溪附近建了
一座亭子，不是很稳，但是很大，是做蛋糕售卖的好地方。

　　"还差装饰品，"莫娜叹了口气，"除了绉纸之外，什么
都没有。我进城时到处找也没找到什么。当然，气球是不可以
的，即使我们能够弄到日本灯笼，但这又显得不爱国。我们该
怎么办？"

　　然而，解决办法来了。不知是谁把他们的窘境告诉了纽约
的老朋友奥丽芬夫人。大约在集市召开前的一个星期，他们收
到了一个大箱子。

　　"这太轻了，"奥利弗疑惑地举起箱子，"对于任何这么
大的东西来说都太轻了，而且也没有响声。"

　　"我想知道它里面是什么。"兰迪问道。

　　"最好的办法是打开它！"拉什说完，用他的侦察刀猛地
割断了绑线。

　　一阵刺刺啦啦的撕扯和纸板撕裂的声音。

　　"看，有一张纸条，"拉什把它举到头顶上，没人能够
到，"我来念，节省时间：'亲爱的孩子们，我听说你们需要

装饰品，我将这些寄给你们。这是几年前我在旧金山的中国城购买的，因为我本能地感觉，有一天我会需要它们来装饰牲畜拍卖会。真希望我可以在这重要的一天出席，虽然我无法承诺可以购买一头牛或者一头猪，因为我的公寓已经太满了。送上我对你们，还有家庭新成员的爱。加布里艾尔·戴芬·奥丽芬。'"

"奥丽芬夫人万岁！"奥利弗喊道，"除了卡菲，她是我见过的最好的女士。"

"看看装饰品！"莫娜喊道。

他们小心翼翼地把装饰品从箱子里拿出来，简直美得不可名状。有漂亮的褶皱纸花环、纸串。它们像数英尺长的手风琴一样展开，神奇非凡；都是最美妙的颜色：绿色、绿松石色、黄色、朱红色、洋红色、紫色。几十个几十个地串在一起，各种形状和颜色，比想象中的还要美；还有镀金的纸龙，奇妙的皱着眉的鱼和有趣的面具。这些装饰品仿佛都从阿拉丁宫殿的尖塔飞出。

"哦，天哪，"拉什说，"这将是有史以来最漂亮的牲畜拍卖和集市！"

"绝不能下雨！"莫娜说，她严肃地抬头看着天空，"一定不要下雨！"

随着日子的临近，"不三不四"的小别墅都处于一种颤抖的兴奋之中，就像草原上方的热空气一样。每天下午，都有几十辆别人家的自行车躺在房子前面。孩子们无处不在，到处是敲击声、笑声、争吵和大声谈话。烘焙的香味飘到户外——厨房里正在进行紧张的准备，但其实蛋糕是需要在最后制作的。

当然，困难是存在的。拉什用锤子砸坏了拇指指甲，担心会影响他的演奏；对于演节目的最佳地点大家争论不休；珠儿·科腾、楚迪·斯特普和和玛格丽特·安东争着要制作橘子蛋糕，莫娜提议几个人分头做，解决了这个问题（橘子蛋糕层数再多，大家也不会嫌多的）；兰迪毁掉了一整盘蛋糕，还在糖果里加多了醋，拉什说它尝起来像是凝固了的法式调料。总的来说，事情进展顺利，一定会是个令人难忘的集市。小举办者们放松了对成年人的限制，这样，提图斯先生就被允许制作大理石蛋糕，迦太基的惠尔赖特夫人以她的果冻甜甜圈而闻名，就可以做她的甜甜圈，拍卖师卡特莫德先生也可以进行拍卖活动。

"一切都会很好的。"周四莫娜舒了口气。

但周五下雨了。整天下雨。孩子们在学校里坐立不安。他们一直盯着窗户，不停地叹气，连老师叫名字都没有听到。

莫娜在休息时见了兰迪。要不是她下巴上的墨水，她悲惨的样子真是无人能及。

"我们完蛋了！"她说。

"哦，听着，也许早晨就不下了。"

"不，不会的，我们完蛋了。克里斯·科特雷尔说这可能是一场二分点风暴①，至少要持续三天。"

"我不相信。但是，什么是二分点风暴？"

"一年中白天和夜晚等长时出现的暴风雨。九月出现，就是现在，或者是在三月。"

"哦。"

他们听着雨声，都不说话。突然兰迪说："我们可以在室内举办集市。"

---

① 春分或秋分时出现的暴风雨。

"是的，当然，这是一个好主意。我们会在起居室拍卖牛，在爸爸的书房里拍卖猪。是的，这是一个很棒的主意！"

"好吧，你不必这么刻薄，我只是在想办法。"兰迪黯然道。

"我知道。但是，想想所有那些漂亮的盒装午餐、爆米花糖、软糖，都要被浪费掉了，还有几十个蛋糕和装饰品！"

铃声响了，几个人绝望地回到教室。大家对放学后的蛋糕制作已经失去了动力，但女孩子们都挺过来了。每次蛋糕放进烤箱，就只能听天由命了，孩子们排练自己的角色，完善他们的计划。但所有应该欢乐喜庆的筹备工作都已索然无味。窗外潮湿的风叹了口气，雨水就更猛烈地敲打着窗户。

"你应该来穹顶听听，"马克说，"在这听，就像子弹打的一样。"

"哦，我恨这鬼天气！"莫娜的泪水在眼睛里打转，"讨厌的鬼天气！为什么就不能等一等再下雨？"

这天晚上，她躺在床上，听着云杉的咆哮，试图告诉自己没什么好烦的，毕竟从没开过这样的集市，也无法对比。集市还可以推迟。想想看，暴雨不是纳粹轰炸机；想想看，如果这是南太平洋上的风暴，而你的身上只有一个帐篷……这不算什么，这是小事。但是，哦，真希望雨现在就停！

感觉世界摇摇欲坠。过了一会儿，她睡着了。

为什么我如此忧郁？莫娜想，当她第二天早上醒来时，头脑中充满了沉重和悲伤的感觉。是为什么呢？哦，下雨了！她静静地躺着听着，屏住呼吸。她听到了一群蓝鸟大声而无情的嘲笑，然后是别的东西。是割草机！莫娜睁开眼睛，她看到清晨的阳光从窗户倾泻而入。

"哦，谢谢老天！"莫娜从床上跳起来大声说道，"谢天谢地！"

这是一个美好的早晨，有很多光荣的工作要做。莫娜在下面指引，威利在梯子上缓缓移动来钉住装饰物；马克赶牛，帮助拉什修剪草坪；兰迪和奥利弗坐在一堆纸中，为摸彩制作礼物；孩子们不停地在车道上来来回回走动，他们带来自制蛋糕、糖果、爆米花和饼干。达芬和大卫最早到达，他们将所有帐篷支起来，并在余下的时间帮忙完成各种工作。锤子响着、锯子锯着、狗吠、牛哞、猪叫，还有各种隆隆的声音。而比所有声音都要尖锐的是孩子们高频率的大声喊叫。

这是一个奇妙的日子，是九月中最好的那一天。阳光下炎热，阴影下凉爽，天空深沉而湛蓝。树木已经开始染上了秋天的色彩。枫叶如红色的羽毛，树林里的山核桃逐渐变黄了。而其他一切仍是绿色的。

人们在户外吃着他们的午餐三明治，每个人都心无旁骛地想着正在进行的工作。卡菲不允许任何人进入厨房。她正在努力做潘趣酒，解决工作团队的口渴问题。

一点钟，父亲乘坐布拉克斯顿唯一的一辆出租车回来了。孩子们看到他都很高兴，但他们的拥抱和问候都很简短，父亲没时间换衣服，马上投入到了工作之中——他立刻站在厨房椅上，为凉亭贴上起司布①。

两点时，布置完成。"不三不四"的小别墅已经变成了一个漂亮的展览场所。彩带在树之间华丽地环绕着，与藤蔓交织在一起。快活的鱼啊龙啊在九月的轻风中跳舞，彩色的面具串

---

① 原本用于挤压奶酪，还可用于包裹火鸡，使其保持湿润，以及过滤高汤。

在最意想不到的地方。艾迪森兄妹的帐篷已从普通的橄榄色家庭小帐篷转变为小贝都因人①的庇护所。莫娜用手边的东西来装饰它们——红色的桌布、绿色的大厅地毯、黄色的床罩和父亲的紫色长袍（袖子掖在里面，父亲不是很赞同），弄得五颜六色的。结果，帐篷里面很热，但外观效果不错。

两点半后，人们陆续抵达。奥利弗和他的朋友比利·安东在车道中间售票。他们有两把椅子、一个零钱盒、一张小桌子、一把沙滩伞和四瓶汽水，生意不错。人们成群地到达，农民为拍卖而来，他们的孩子们为了乐趣而来。

梅伦迪家孩子的朋友们为大家提供了很多乐趣。

例如一毛钱骑马活动，就是马克自己想出来的主意。来到展会的大多数是农场的孩子，其余的来自迦太基和埃尔德雷德等小城镇，骑在驯服的老马背上对他们来说并不陌生。但是谁曾骑过这样的一匹马？罗娜·杜恩打扮得像亚瑟王马厩里走出的骏马一样俊俏。

它的耳朵上别着金莲花束，鬃毛编织进了猩红色的羊毛，额头冠以一大片玻璃珠，身披流苏镶边的深红马鞍布，戴着叮叮当当的脚环（橡皮筋绑着铃铛，实际上是莫娜和兰迪在纽约的学校里学习莫里斯舞蹈用的）……罗娜·杜恩是一匹气质优雅的马，它对这些装饰都泰然处之。马克带着它在车道、林间走着，它背上的每个孩子都感到自己好似国王，并且将这美好的记忆长久保留。

算命摊位受到各年龄层人士的欢迎。凉亭内部披上了梅伦迪家冬天表演节目后留下的蓝色起司布，上面钉着从银纸上切下来的星星和月亮。门上镶嵌了一道帘子，暗色阴影中摆放着

---

① 以民族部落为基本单位在沙漠旷野过游牧生活的阿拉伯人。

一张桌子，桌子上放着一个圆形水晶镇纸、一个烛台、一个用塑料制成的头骨，还有一本厚重的书，书表面的形象看起来很像一个女巫，但其实是治疗羊疾的纲要，只是没人知道。

在内心激烈地斗争之后，莫娜决定为了人物形象而牺牲外表，她装扮成一个丑陋的古代占卜者——她戴着灰色纱线做成的假发，上面镶嵌着卡菲所有最亮眼的碎布头，戴上了所有能找到的手镯，头上还蒙着披肩，脸上横七竖八的是用眉笔涂抹的皱纹。

她一个接一个地看着手相。顾客不停地涌入，硬币也哗啦啦地来了。莫娜的工作热情高涨。

"你会跋山涉水，"她看着一个农民厚厚的手掌说，"战争结束后，当然，我想那将是埃及，也许是尼罗河之行。"或者，她邪恶地凝视着一名同学的手说："一个男人即将进入你的生活。他可能处于变声期，但皮肤黝黑而英俊，看起来像哈罗德·洛德里奇……"

"顾客"喜欢这样的算命。他们自顾自地咯咯笑起来，坚信莫娜说的每一个字。

兰迪和达芬主要负责蛋糕摊位。一开始的展示非常丰富，但并没有持续多久。有三层橙子蛋糕、天使蛋糕、巧克力蛋糕、摩卡蛋糕、海绵蛋糕、葡萄干和香料蛋糕，杯子蛋糕上面铺满了粉红色、白色的巧克力碎屑；布朗尼、曲奇，还有其他许多美味的甜品摆在托盘里。但是，最厉害的是提图斯先生贡献的大理石蛋糕，举世无双！女孩子们像海狸一样忙碌，因为需求量太大。达芬在找钱方面动作缓慢，而兰迪在包装时很笨拙，她们还要努力不让苍蝇落在蛋糕上。但事实上，女孩们做得相当不错，只给一位布拉克斯顿来的女士少找了零钱，也只有一个不太牢固的包装，不幸的是，里面是十二个惠尔赖特夫人做的果冻甜甜圈。

克里斯·科特雷尔利用一个贝都因人的帐篷分发潘趣酒，楚迪·斯特普在另一个帐篷里分发冰淇淋。即使那两只铁鹿也派上了用场——鹿角用珠子、纸幡和丝带缠绕着，背上绑着鲜艳的布料，抬头的那只鹿前面放着一个招牌："男孩专供！摸彩游戏！一毛钱一次！"吃草的那只鹿面前摆着相同的给女孩的招牌。梅伦迪家为这些礼物做了自己最大的努力，而且结果也不错。除了角钱哨、泡沫管、拼图和大袋弹珠外，奥利弗还贡献了许多自己的小型战前型号金属飞机和汽车，都很珍贵；拉什拿出了自己珍爱的小手电筒、口琴、小刀和镶有彩色石头的牛仔皮带；兰迪拿出了两个水彩套装、一套蜡笔和一只白色的瓷猪；莫娜贡献了自己十分之一的首饰：戒指和大号的闪光别针等，除此之外，她还慷慨地拿出了四瓶香水和一盒焚香。

因此，摸彩游戏相当成功。人们急切地撕开包装，纸片和绳子被随意丢在草坪上，管理女孩专属鹿的珠儿·科腾和管理男孩专属鹿的杰罗姆·哈伯德已经开始怀疑供应能否维持。

不仅是这些，还有乘船游戏和藏宝树。

史蒂夫·拉迪斯将自制的小平底船借给了梅伦迪家，大卫·艾迪森带领小游客们在泳池体验惊险的航程。一半的孩子从未见过船，他们挂在船的一边，手指伸进水里，看到小鱼时就激动得尖叫起来。用整个海洋都无法换取他们此时的兴奋。

藏宝树只不过是树屋而已。尽管如此，很多孩子也从未见过树屋，尽管还没有找到任何宝藏，他们对"宝树"也很满意，这一切都在拉什的掌握之中。

集市是属于孩子们的，他们已经完全接管了。他们的母亲在远处的阴影里看着自己的孩子，互相说着闲话，婴儿在地上爬。他们作为农民的父亲们聚集在桌旁谈论着，不时粗鲁地吐一口口水，等待拍卖开始。

"天哪，那些是谁啊？"兰迪突然在忙碌中喊了一声。

从林子里慢慢出现了两个男人，他们走路的姿势奇怪，仿佛如果不四肢并用就很难行走。他们穿着黑色的旧牛仔服装，可能曾经是蓝色，而现在更像是棕色，帽子上戴着长长的尖锐的遮阳板。脸上除了眼睛和鼻子，只能看到胡须。

"我的天哪，他们是迪莱西兄弟，"达芬说道，"他们很少从树林里走出来。"

"拉什跟我提过他们，"兰迪喃喃道，"我从没想过我会真正见到他们。"

"大家都很难见到他们。"达芬说。

差不多到了拍卖的时间。牛群被拴在马厩外面；猪在临时竖起来的木桩旁睡得不省人事；米克家的家禽因焦虑而彼此啄伤。

四点钟时，拍卖师摇响了一个大铃铛。"拍卖即将开始！"他用一种接受过音量训练的声音大喊道，"大家都聚过来吧！来马厩这里！每个人都有大好的机会！"

人群聚集在前方，表情严肃。拍卖即将开始。农夫们的妻子也都赶来了，每个人都带着长相相同的小孩：一个抱着，另一个紧抓着手。其他孩子们在铃声之后离开了他们的游戏，加入到了成年人之中。他们有的挤进人群，有的爬上灌木丛，有的站在栏杆上。拉什从他的树屋上下来，兰迪和达芬离开了蛋糕摊位，"老吉卜赛人"戴着假发走了出来，奥利弗和比利·安东谨慎地拿着钱，从售票处走了过来。现在，每个人都来了。

卡特莫德先生正站在一个由厨房桌子临时搭成的拍卖台上，手里拿着木槌，另有一个悬挂着的橙色箱子，用来敲打。威利被授权协助卡特莫德先生，他现在领着第一头母牛进入场地。

"这是只不错的动物，"卡特莫德先生说，"一头优质的小母牛，年龄在一岁到两岁之间，荷斯坦牛①。"然后他开始列出牛的各种优良品质，最后说，"现在开始拍卖这头优秀的乳牛！"

"十美元！"一位农民马上说。

"十美元！"卡特莫德先生好像被蜜蜂蜇了一样叫道，"十美元！就可以领走。还有人出十五美元吗？"

"十五美元！"另一个人说。

"有点骨瘦如柴，是不是？"第一位农夫的妻子嘟囔说。

"我会让它胖起来的。二十美元！"农民大胆地说。

"还有人出二十五吗？"卡特莫德先生唱道，他踮着脚，眨了眨眼睛，嗓音诱人。

确实有人出价二十五美元。小母牛最后以八十美元的价格售出。

"八十美元！"奥利弗说，"长大我要养牛。"

"我要成为一名拍卖师，"他的朋友比利·安东说，他急切地注视着卡特莫德先生，"我已经有个好声音做基础。"

威利带领另一只较年长的母牛进入拍卖区。它站在那里茫然地盯着人群，眼睛像李子一样圆圆的，下巴正在缓慢运动，进行反刍，尾巴漫不经心地挥舞，赶走九月的苍蝇。它看起来

① 荷兰的一种黑白花乳牛。

有尊严，也值得被尊重。

"这是头非常棒的乳牛，"卡特莫德先生热情地说，"一头四岁的荷斯坦牛。产奶量很大。"

"三十美元！"一个大个子叫道。

"三十五！"另一个人喊。

"四十！"

"四十五！"

就这样，这头骄傲的乳牛卖了一百美元。

所有的牛都价值不菲，然后轮到了拍卖猪。它们一个接一个地被展示：小母猪、小猪仔、脾气暴躁的老母猪和一窝六个仔猪。当讨厌的褐色公猪被牵出来时，迪莱西兄弟突然张开他们毛茸茸的嘴巴，齐声咆哮："十美元！"

每次有人给出新价格时，迪莱西兄弟立即用这种激烈的熊的吼声给予反击，他们很快赢得了竞争。公猪归他们了。

"它们三个在一起应该很开心。"威利对卡特莫德先生说。

处置好猪后，威利消失在马厩里，之后传来嘚嘚的马蹄声，他带领着一支队伍出现了。

这些马尽管曾辛勤工作，但仍状态良好。它们在阳光下站着，肩膀宽阔，安静而坚强，耐心而忠诚，每个看到它们的人都无法不喜欢。马克看到它们即将被拍卖，喉咙就变得炽热难忍。他已与这些马熟识，多少次用手指摩挲它们粗粗的鬃毛、喂它们苹果，骑了不止千次，他爬上它们宽阔的背，在草原和树林里奔驰，把头靠在它们身旁，聆听它们心中强大而平静的节奏。他不愿它们离开。

"现在的这支马队，"卡特莫德先生此刻有点嘶哑，"是一支出色的马队。它们是强壮、优秀的工人，状态很好。也许有些单薄，但很快会健壮起来。它们差不多六岁，未来可以工作很多年。有人出价吗？"

"一百美元。"一个深沉而悠扬的声音说。大家转过头来，一个胖胖的男人站在人群边缘，脸像斯蒂尔顿奶酪①一样又白又圆。

"那是瓦尔德马尔·克劳，"拉什对父亲低声说，"他是那个写信想要马克的人。"

转过头来的人都面孔凝重而不友善。卡特莫德先生劳累过度的下巴也大张着。他惊呆了，木槌悬在半空中。

"哦，对啊。这位先生出价一百美元，还有人出一百一十美元吗？"

"一百一十美元。"一个明确而坚定的声音说。

"我的天哪，是爸爸！"兰迪惊道。

"一百二！"克劳说。

"一百二十五！"父亲说。

战斗还在继续。人们的目光一次次从父亲的脸转到克劳的脸上，又转过来，差点被催眠。卡菲不安地揉搓她的串珠项链，以至于珠子散落掉地都没有发觉。兰迪认为这就是书上写的那种针掉了都能听到的紧张场景。

"父亲看起来很生气，"莫娜敬畏地低声说，"我从来没有见过他这样。"

父亲直盯着卡特莫德先生，面颊上出现了不寻常的颜色，眉毛拧在一起。每次瓦尔德马尔·克劳出价后，他都会盖过他。

---

① 世界三大蓝纹奶酪之一。

"一百七！"克劳说。

"一百八！"父亲立刻说。

"两百！"胖子克劳继续加价。

父亲深吸一口气，额头上青筋暴露。

"二百五十美元！"他说。

克劳犹豫了，他输了。卡特莫德先生沉默了，却表情愉快。

"二百五十美元！还有人出价二百五十五吗？卖掉了！卖给我左边的这位先生：马丁·梅伦迪先生，来自'不三不四'的小别墅！"

人们在此时鼓掌称赞，包括迪莱西兄弟。克劳先生用宽边帽子捂着头走了，留下一个肥胖而愤怒的背影。

"但是，梅伦迪先生，"马克抗议道，"您不需要这样做！我跟您说过，您可以拥有整个马队，这是我的心意。我的意思是，哎呀先生，我不能接受这些钱。您为什么要这样做？"

"别说傻话，马克，我愿意这样做。我无法让那些好马去一个像克劳这样的黑心人家里干活儿。我听说他虐待动物。能拥有这支马队，我很高兴。"

"爸爸，您太棒了！"莫娜说，"您看起来就像亨弗莱·鲍嘉①。"

"您更像雪尼·卡顿②。"兰迪说。

在马匹的风波结束后，鸡的销售很平淡。梅伦迪一家甚至没有看到新罕布什尔红鸡的成绩（拉什说这听起来更像是一支

① 美国电影演员。

② 查尔斯·狄更斯小说《双城记》中的主要人物。

足球队，而不是母鸡）。但那些乐衷于此的人认为拍卖激烈而有趣。

孩子们跑进房间，为表演做准备，人群分散开来。威利和卡特莫德先生帮助老哈里森·尼珀把牛赶到卡车上，并把母鸡装进箱子里。母鸡咕咕叫着，抱怨路上的灰尘和奔波。

"现在我们有了个马队，要怎么做呢，威利？"父亲问。

"梅伦迪先生，我们需要准备燕麦，还有很多东西。您知道，马队不能闲置。首先，我们必须建立一个真正的农场来开展工作。"

"粮食，"父亲悲观地说，"燕麦，还有其他的。春天犁地，那么我们就需要一个犁，或者我可以借一个。然后割草、收割，这意味着我们要有人来收割，或者准备联合收割机；然后打谷，这意味着……噢，我的天哪！"梅伦迪先生叹道，"我什么都没有！"

"您不用担心，梅伦迪先生。我会想出一个使用马队的办法，它们会成为罗娜·杜恩的好伙伴。"

"名字，"父亲问，"它们有名字吗？"

"杰斯和达蒙。达蒙是那个额头上有一颗星星的。"

现在到了表演节目的时间了！

最后，他们决定将表演设置在房屋后面，因为那里的地面更平坦些，晾衣绳正好可以用来悬挂窗帘。长凳和箱子上坐满了观众，屋檐、地窖门和厨房台阶都各尽其用。

拉什演奏的大音量勃拉姆斯狂想曲开启了这场演出。钢琴并不适合移动到户外，音色就像锡质音乐盒一样廉价，但拉什尽力了，每个人对音乐效果都很满意。接下来，他演奏了舒曼的中篇，这是他整个夏天努力的结果。

之后，兰迪在拉什的伴奏之下表演了舞蹈。她穿着粉红色的服装和粉红色的芭蕾舞鞋，毫不顾忌草地上的污点、满是鼹鼠洞穴的小丘和随时准备绊倒她的衣夹。表演很受欢迎，她不得不即兴安排另一出表演。

之后，杰拉姆·哈伯德用锯琴演奏了《上帝保佑美国》和《我的太阳》；大卫·艾迪森做了《葛底斯堡演说》；小南希·斯凯因在翻转的洗衣桶上跳了她著名的踢踏舞；马克不负众望，表演了各种翻跟头技艺；随后，莫娜擦掉了脸上的皱纹，进行了一段自编的读白朗诵，是关于一个被俘虏的法国女孩从一座废弃的灯塔向英国人发送密码信息的故事，是当天最成功的节目。

最后，大家站起来，唱起了《星条旗永不落》[①]。随着拉什慷慨激昂的伴奏，节目结束了。

"如果奥丽芬夫人可以看到，"莫娜叹了口气，"那么表演就完美了。"

红十字会的捐款和马克的牲畜钱（总额不菲）都已计数后，疲惫的清扫时间到了。

在淡淡的光线下，孩子们四下忙碌着，取下装饰品，以备将来的节日之用；纸片遍布草坪，马克将其收集起来，放在一个粗麻布袋里，用来回收使用；拉什把贝都因帐篷分开。在一个帐篷中，他发现了奥利弗正盘腿在地上，从桶里喝着剩下的潘趣酒。

"哦，弟弟，你今晚会生病的！"拉什惊讶地说道。随后，事实证明了他的预言是正确的。

---

① 美国国歌。

尽管疲倦，孩子们还是努力地打扫战场，尽管还剩下许多工作留给明天。大人们也都来帮助——卡菲、威利还有父亲。埃塞克和约翰·多伊终于被放出来，它们在草坪上释放自己的憋闷，它们扑向人们，大声吠叫。

远处传来一阵哀怨的哞哞叫声。拉什茫然地看着马克：

"天哪，奶牛。我们忘了挤奶！"

他们走向牧场，马克弯下腰，从草地上拾起一些东西——是奥利弗制作的手工门票。马克淡淡地看着，微微一笑。

"一票一人，"他大声说，"说的就是我。我已经被允许通过了！来进入一个家庭，一个最棒的家庭，一个真正的家庭。天哪，我真是个幸运的家伙！从没有人像我一样幸运！"

"别傻了！"拉什说，"谁更幸运？兰迪、莫娜、奥利弗和我，有你当我们的兄弟，我们才是幸运的。你不知道吗？"

第十五章　第三乐章

今天是十月二号。几个星期以来，兰迪一直想着去树林里的老房子野餐。但是她和奥利弗上个星期六都感冒了，下一个周末又下了雨。终于，等来了完美的一天。

奥利弗、莫娜、兰迪和两条狗都上了马车，他们带上了午餐。奥利弗和莫娜坐在一起驾驶马车。这是一件了不起的事情，奥利弗静静地坐在那里，眉头紧缩，目光直视。你会错以为他正在驾驶一艘重型巡洋舰穿过层层人雾。

马克和拉什在前方分别骑着杰斯和达蒙，没有配置马鞍，两人的双腿不停摇摆。

"味道清新！"兰迪闭上眼睛嗅着。

莫娜吟诵道：

"当黄叶，或尽脱，或只三三两两，

挂在瑟缩的枯枝上索索抖颤，

荒废的歌坛，那里百鸟曾合唱。"①

"又是威廉·莎士比亚的作品。"奥利弗大声叹息道。

"看，甚至奥利弗都知道，"兰迪笑了起来，"但天气并不寒冷，反而很暖和，树枝上仍有许多叶子，当然，很多也正在掉落。"

孩子们陷入了沉默，思绪漫无目的地驰骋，仿佛世上空无他物。尽管蓝天中万里无云，阳光仍消失在了树影之间。

这是松鸡和乌鸦活跃的季节。它们刺耳的声音划破寂静的空气，从树林中不停传来啄木鸟敲击木头的声音、橡子落地的声音、小动物的叫声和走动的声音。在满是干燥树叶的海洋中，奔跑的松鼠声音像人一样大，跳跃的麻雀似狗般猖狂。

孩子们放开了罗娜·杜恩的缰绳，让它与杰斯和达蒙一起在露天场地吃草。马车高耸在路边，车辕中间一匹马也没有，看起来荒谬而诡异。

孩子们提着篮子穿过树林，在干树叶上快乐地高抬脚走路。埃塞克和约翰·多伊围着他们嗅着，假装自己是真正的猎犬。

终于，他们来到了老房子的遗骸前，高大的烟囱像手指一般指向天空。散落的石砖中，蝶须盖植物开满了芳香的珍珠型花朵。老苹果树下的草地上，散落着小小的硬果子。一棵古树，只留下银灰色的枝干，却将一条活的枝杈举到高处，茂密的叶子中间镶嵌着几个火红色的苹果，就像少数工作人员在执

① 莎士比亚诗作《在我身上你或许会看见秋天》中的三句。

勤一样。

哀鸽的巢穴建在遗弃的土墩上，就在淡紫色灌木之中；烟囱里的雨燕巢也是空的。看样子土拨鼠仍然占据着房子的地下部分。毫无疑问，那土拨鼠现在就蹲在地底，像石头一样一动不动，它仔细聆听上方的脚步声，不详的预感袭来。

拉什、马克和兰迪指指点点地猜测着什么。

"多么奇妙的地方！"莫娜喊，"为什么以前你们没有带我来这里来？"她喜欢所有古老的东西——旧书、古老传说、房子的残骸等。

"看，那边有一口井，"兰迪说，"我们去扔石头吧，声音很空洞，很好听。"

他们推开层层的黑莓丛，来到井边，靠在井沿。

"哎呀，快看！"兰迪说，"那是什么！"

他们凝视着长满苔藓的井壁，在下面几英尺处，石头之间的裂缝中是一丛流苏龙胆。

"天哪，这可不常见，"马克说，"这种龙胆在这里很少见。"

"看那颜色，"兰迪说，"这蓝色太纯正了！"

兰迪忘了扔石头，但奥利弗没有忘。他拿起一块圆形卵石，举在井口，任其下落。卵石遇水时发出的声音让他非常高兴。他俯下身去寻找另一块卵石。

莫娜一直在探索着什么。她查看建筑石块，抬头看看烟囱，吃了一个小苹果。她顺着山谷中叶子做成的小径进入远处的树林。莫娜想，如果能拥有这样的花园，那该多好啊！植物生长得如此不羁，这就是她想要的。

莫娜假装自己住在这里，假装出于某种原因，独自一人生活在这世上，没有其他地方可去，只有这壁炉的烟囱、这些石头，还有苹果园。当然，石头可以作为避难所；用苹果、坚果、浆果和其他果实充饥。但是冬天呢？哦，好吧，假装没有冬天。假装是在热带地区。

莫娜想象自己用毛茸茸的叶子缝制美妙的衣服；用蓝松鸡羽毛制作夹克，或用亮闪闪的金色干草编织夹克。树林里所有野生动物都会成为她的朋友：鹿会从她的手中吃东西，鸟儿会栖息在她的肩上。她会成为一个传说，人们说她是位女隐士之类的人。猎人不时看到她在森林中疾走，就像《格林童话》中的人物一样。他们会将她的故事带回村庄，讲述她那奇怪、美丽、孤独的生活以及与动物之间的友谊。

莫娜一边走一边抬头仰望天空，唇角隐约上翘。此刻，她连每个毛孔都是女隐士。

天光很美，但脚下并不平坦。莫娜的脚突然碰到一块老房子的石头，摔了个跟头。她抱着自己磕破了的小腿和脚趾坐了一会儿，在痛苦和愤怒中来回晃动，以减少疼痛。然后，她悲壮地站起身来，用脚狠狠地踢了一下那石头。

石头翻转过来，露出一方潮湿的黑土，蚯蚓在里面疯狂地扭动着身体。在这个潮湿的长方形土壤正中，有一个蓝色的玻璃珠，一半被掩埋着。

珠子相当于弹珠大小，材质是厚厚的天蓝色玻璃，内有气泡。莫娜拿起它，用手掌摩挲着。她无法相信自己的好运，小腿和脚趾的疼痛早已被抛到九霄云外。

"这是一个标志，"她自言自语道，"绝对是。这些年来，它一直静静地躺在这里，大概有五十到一百年了，现在让我找到了！我会留着它，作为我的幸运标志。"

"你们看！快看！"女隐士喊道，像只山羊一样越过石头和荆棘，"看我发现了什么！我找到了一块幸运石！"

奥利弗仍在向井里投掷卵石。他趴在旁边的鹅卵石上，秋日的阳光晒在背上，温暖而舒适，而凉爽的气息正从井里向上传播。他扔着石头，听着它音乐般的响声，看着深色的涟漪在水面上散开，微波冲击着墙壁。每次扔下石头，他的倒影都被打碎一次，然后疯狂地摇摆起伏，又很快恢复如初。当倒影渐渐恢复时，他会再扔下一颗卵石。

最后，他的鹅卵石消耗殆尽，但他懒得从井沿爬下来寻找其他石头，而且他对这场游戏也失去了兴趣。他盯着石头做的井壁，上面长满了苔藓，少量的铁线蕨苗从裂缝中伸出来，还有一簇簇棕色的尖尖的藤本植物。当然，还有美丽的龙胆。

奥利弗凝视着它们。他想，这些植物距离他并不远，如果只是身子小心翼翼地倾斜过去——就像这样——然后——

接下来，他能意识到的是自己正在撞击绿色的墙壁，因为速度太快而没有受伤，耳畔的声音好似撒了气的气球，吱吱作响，然后，冰冷的黑水漫过了他的头顶。

奥利弗吓得大声尖叫。这时，其他的孩子正在点篝火，从野餐篮子里拿食物，他们听到了这恐怖的喊声。不需要告诉他们发生了什么事，几个人立刻就奔到井旁向下俯视。

远远地，他们看到了奥利弗圆圆湿湿的头。他抓住一块墙壁上突出的石头，正想张嘴哭号，委屈的小脸突然看见了哥哥姐姐们。

"嘿！"奥利弗迅速让自己平静下来。

哥哥姐姐们回应着他。

"哦，奥利弗，亲爱的，你还活着吧？"兰迪傻傻地叫道。

"你受伤了吗？""不是很冷吗？""你能坚持下去吗？"大家七嘴八舌。

奥利弗说，他不知道自己是否受伤，肩膀麻木了，下面非常冷，他觉得自己只能坚持一小会儿。

"我们怎么办呢？怎么把他弄出来？"兰迪嚷着，急得跳了起来，"我们没有任何绳索或链条来拉他。"

"我知道了，"莫娜迅速地说道，"马克，你跑得最快，你跑到马车上，解开罗娜·杜恩的缰绳！肯定能拉起奥利弗。马克，等等，把毯子也拿来！"

马克飞快地跑远了。狗还误认为他是在玩耍，追随着他，吠叫着也跑了。

"你还好吗，胖子？"兰迪焦急地问道。

"是的，"奥利弗的声音有回音，牙齿在颤抖，"拉什，你觉得这里有蛇吗？"

"你这个小傻瓜！"拉什由衷地说，"当然没有。如果有，你认为它们怎么上来？靠飞？"

马克回来的脚步声终于传了过来。

"我冷，莫娜，"奥利弗终于有了哭腔，"我已经感觉不到自己的脚了，手指也疼得厉害。"他能感受到唯一温暖的事物就是自己的眼泪。温热，顺着脸颊滑下，有一滴滑进了嘴里。

"没关系，亲爱的。再等一分钟，马克很快回来，亲爱的。"莫娜安慰道。

兰迪哭着，泪水中满是同情和恐惧。她从未正确处理过危机，而现在，她曾经对奥利弗做过的一切"坏事"都浮现在她眼前——她经常对他说"不，你不能跟我们一起去，你太小了"，她把东西粘在奥利弗身上，在后面嘲笑他，因为他太小，还不懂得分辨。

"奥利弗，你不要哭，"兰迪呜咽道，"我们回到家后，你可以用奥丽芬夫人送给我的一整盒彩色蜡笔；下雨的时候你也可以用我最好的水彩笔。"

但奥利弗哭泣着，颤抖着，已经无法用语言回答他们。

幸运的是，马克出现了，手中拿着缰绳。

他们花了很长时间才用缰绳够着奥利弗。马克、拉什和莫娜在井旁给奥利弗指导，给他鼓劲儿。

"在你腰上把绳子系好，奥利弗。把它系紧系好，别管是不是勒得肚子疼"。

"我不行，"井下传来了空洞的哀号，"我的手指不好使了。"

"不行，"拉什喊道，"一定要好使！"

兰迪无法忍受这个场面。她捂住耳朵，闭上眼睛，一只脚跳着，"把他拉起来！把他拉起来！"她低声说道。

最后，经历了大声号叫、流汗、拖拽、剐蹭等一系列过程，奥利弗被奇迹般地拽了上来。孩子们把奥利弗扶到墙边，他冻得浑身青紫，牙齿打战，膝盖和手指关节都流血了。

"马克、拉什，把你们的手搭成椅子，让奥利弗坐下。我们必须马上把他送回家。"

但此刻小奥利弗却悲伤地开了口："野餐！"他吼道，"我想留下吃野餐！"

"吃野餐？好啊，休克了怎么办？"拉什说，"让他躺下，记住，让他保持温暖，等等，谁学过急救？"

莫娜不得不承认拉什的做法是对的。

老旧的壁炉里火在熊熊燃烧。他们把奥利弗放在壁炉旁，把他的衣服脱下来，用温暖的毛衣和马车毯将他包裹起来，用手帕将膝盖和手指擦伤的部位绑起来。孩子们做得不错，并鼓励奥利弗，让他知道自己是个勇敢的人。过了一会儿，奥利弗停止了颤抖，他开始对其他孩子正在烘烤的汉堡燃起了兴趣。他坐起来，饥肠辘辘，肩上披着毯子，像一个印第安勇士。

"我敢打赌，比利·安东从来没有掉到过井里。"奥利弗若有所思地说道。

野餐进行得很顺利。汉堡包和其他食物都很美味。午餐过后，马克和莫娜去探索，拉什消失在林中，兰迪坐在奥利弗旁边给他讲故事。奥利弗晾在一边的衣服随风飘动——裤子挂在丁香树下，运动衫袖子搭在木棍上，袜子和内衣罩在黑莓树杈上。每次兰迪停下来喘气时，奥利弗都会说："继续讲啊。"

兰迪也被故事吸引，就像线从轴上掉落一样根本停不下来。这是一个美妙的故事，讲的是关于北极附近一座不知名的火山，尽管它在冰雪之中升起，却如此温暖，两侧是开满了花朵的森林和潺潺的溪流。一些神奇的人住在这座山上：他们金发碧眼，强壮而美丽。兰迪很乐于给他们取名字——女王塔塔潘、国王塔哥达和女主人公塔欣达。"也许我也可以当好一个作家，"兰迪一边讲故事一边想，"芭蕾舞者、艺术家和作家。如果可以去学习的话，我也想成为一名优秀的滑板运动员。"

"而且，塔欣达是一位出色的溜冰者，"她大声说，"她曾经穿着纯金做成的冰鞋在北冰洋上滑冰。而火山呢，泛着金色和银色的纹理……"

她转过身看着奥利弗。他已经睡着了。兰迪叹了口气，记得自己刚刚没留神时承诺过给他用自己的一盒好水彩笔。但现在，他安然无恙，肚子里装满了汉堡，昏昏欲睡，真的有必要给他用水彩笔吗？她再次低头看着自己的弟弟，头发仍然湿润，上唇还有奶渍，双手紧紧抱在胸前。是的，没错，兰迪知道给他用水彩笔是必要的。奥利弗比世上所有的水彩笔都更有价值。

她起身伸展，想知道大家都去哪里了。她沿着山脊徘徊，突然看见拉什直挺挺地坐在一个树桩上，脸上挂着奇怪的表情。

"你怎么了？生病了吗？还是吃得太多了？"兰迪问。

"别说话，好吗？"拉什恳求地说，"我在思考。"

"看在老天的分儿上，告诉我你怎么了。"

"作品三。"拉什说。

"你是说你在作曲？"

"是的，请别说话。"

"好，但我敢打赌，莫扎特在作曲时一定不会看起来像是要呕吐。"

兰迪走开了些。

"等一下，兰迪。你有纸吗？我有支铅笔，但没有纸。我恐怕会忘记。"

"餐巾纸可以吗？我帮你去拿。"

"当然，任何纸都可以。"拉什坐在那里等着倾听他心中的音乐，那音乐就真的奏响了，从牙缝都能感觉到这音乐的美感。当音符飞过时，拉什必须抓住每一个尾巴，否则就全都溜走了！

四点钟，天已开始转凉，孩子们走在回家的路上。

这次拉什驾着马车，兰迪骑着马儿杰斯。

奥利弗穿着刚刚晾干的衣服蜷缩在莫娜身边。

"你觉得卡菲听到我掉进井里的事，会生气吗？我敢打赌她会，是不是？你觉得呢，莫娜？"

"不，傻弟弟。如果她生气，也不会是生你的气。无论如何，我认为她不会生气。我想她会因为你很安全而庆幸。"

"你能想到用缰绳很聪明，莫娜，"拉什从前排座位转过头来说，"我不知道如果没有你，我们会怎么做……"他知道自己爱他的姐姐和其他家人。事实上，他爱整个世界。他把写着"作品三"的纸巾放在口袋里，罗娜·杜恩用最快速度把孩子们带回家。拉什迫不及待地想要听到这些音符会发出怎样的声音。

不过，兰迪和马克是第一波到家的人。杰斯和达蒙过了悠闲的一天，回家的路它们正可以大展拳脚。兰迪的牙齿碰着牙齿，马蹄飞起的火花在她眼前喷薄，毫无疑问，她知道未来几天要屁股疼了。她没有向马克承认这一点，但当他们来到"不三不四"小别墅的大门口时，她感到如释重负，异常高兴。

"回家了。"当孩子们绕过坡路时，兰迪说。她语气随便，好像以前也说过一样："这是一个愉快的一天。"

"回家了。"马克回应道。但他感觉好像自己等了很久才说出这些话。家……好吧，他还不习惯这个词，它本身是一个很好的词。这个词他曾用过数百次，但今天说出来仍还是新的。

"回家了。"马克重复道。他内心崇敬而又激动地说出这个词，仿佛下一秒就要高兴得欢呼起来一样。